カタストロフ前夜

パリで3・11を経験すること

Ryoko Sekiguchi
関口涼子

明石書店

カタストロフ前夜

目次

カバー写真：
Bernard Plossu/Signatures, Milan, Italie, 2009

これは偶然ではない

前夜のことから書き始めよう。

三月十日

エマニュエル・カレールの小説、『わたしのではない人生』の試訳を終える。出来栄えには比較的満足。

三月十一日

午前零時頃、東京の小沼さんと電話で話す。彼が翻訳した作品を再読し終えたばかりだったので、読み合わせの作業をしばし一緒に行う。四月初旬、わたしが日本に一時帰国する時、エルメスのスカーフを買ってきてもらえないか、と頼まれる。ガールフレンドへのプレゼントなのだと。東京では手に入らないモチーフなんだ、後で払い戻すから。もちろん問題ないですよ。モチーフの名前と写真があれば送ってくれますか。

朝八時頃、コンピュータの電源を入れる。小沼さんがメールでエルメス「ペガサス」の写真を送ってきていた。いつものようにフェイスブックのページを開く。大きな地震があったと皆が投稿している。「すごい揺れだった！」とか、「本棚の本が皆落ちてしまって、片付けるのには相当時間がかかりそう」とか。一年に二、三度起こるような大きな揺れだったみたいだけど、特に心配するほどではないのかも。とりあえず、様子を知るため親に連絡してみる。声を聞けば安心するだろうし、軽口さえ叩けるだろうと予想しながら。

自宅の電話には誰も出ない。おそらく外出しているのだろう。父親と母親の携帯にそれぞれ電話をかけてみる。こちらにも返事がない。少し苛つく。母ときたら、固定電話の留守電機能をオンにしておくのをいつでも忘れ、携帯には出ないことが多いのだ。父はまだ仕事中なのだろう。母親に再度電話。本当に、あの人のボケぶりには困ってしまう。留守電をオンにしなかったら、万が一の時にお母さんにメッセージを残せないでしょ、っていつも言っているのに。

わたしは、その頃はまだ、今日がその「万が一の時」なのだと気がついていなかった。そのあと半時間ごと定期的に連絡を試みるが、相変わらず母は出ない。弟の携帯もつながらない。わたしは心配になり始め、家族全員のアドレスにメールをしてみる。ようやくわたしは、電話に誰も出ないのは、母親が携帯をどこかに置いたままにしているのではなく、回線がパンクしているのかもしれないと気がつく。

電話が鳴る。出ると、フランス人の友人だった。

「今テレビをつけたんだけど、津波はずいぶんな見ものだねえ……」と彼は言う。ついかっとなってしまうのを止められない。彼の言葉を遮るように、こう言ってしまう。

「見ものだねえ、って、そんな言い方ないでしょう。わたしたちにとっては、見世物じゃなくて、今起きつつある現実なんだから！」そう言いながら、遠くにいる自分にとっても、その津波はイメージ以外の何物でもありえないことをわたしは知っていた。日本人としてはある意味見慣れている津波の映像。

でもその時、わたしはまだ状況の深刻さを理解していなかったのだ。

それなのになんでこんな物言いをしたのだろう。家族と連絡が取れなかったことに焦っていたのかもしれない。外国人を相手に話しているから、大げさな口調でも許されると思ったのかもしれない。その友人には、災害の経験はそれほどないに違いないから、何も知らないんでしょう、と言い募りたい誘惑に駆られていたのかもしれない。偉ぶって言えることなど何もない。わたしは、その時得ていた情報から、今までに日本に起こった災害と同じようなものを想像していたにすぎない。確かに、大規模災害かもしれないけど、同じくらいの災害は今までにも起こったのだし。

三時間後、ようやく母親と電話がつながる。

母は無事だったが父親の消息がつかめなかった。

フランスの携帯電話会社から勧誘の電話。「今契約するとお得なキャンペーン」がある、と。普段は、営業の仕事をしなければならない人の立場に立ち、そういった電話には比較的丁寧に対応している方だと思う。でも今回はそれは無理、そんなことを考えている余裕はない。受話器の向こうにいる女性にそう言って手短に断ると、彼女はこう答える。

「承知しました、その旨メモしておきます」
「メモする」って、何を？

日本にいる友人の岡井さんが、原発について気がかりな点があると言う。彼が教えてくれたウェブサイトを見てみる。その時点まで、その危険について口にしていた人はわたしの周りには誰もいなかった。皆、津波の画像に目を奪われていたのだ。

今思い返してみると、この日、午後遅くになるまで、ほとんどの日本人はわたしのように、確かに津波の被害は大きいだろうが、性質としては過去に起きたのと同様な自然災害だと思っていたのだった。

でも、「同じ」災害は二度とない。類似の災害を経験したことがあるにしても、どんな災害も、体験しているその時点では、初めての、未曾有の災害になる。そして今回、これまで以上にそうなるのかも、と懸念している。

帰宅してからNHKのウェブサイトにアクセスし、その時になってわたしは初めて、この災害の深刻さを知ることになったのだった。

その晩、日本人の友人たちがわたしの家に集まった。あれこれ最悪の状況を思い描いて一人で悩むよりも、複数でいた方がいい。家族から離れているほど、ありそうもない事態を想像してしまいがちなのだから。

わたしたち七人は、ＮＨＫのウェブサイトの前にかじりついていた。

友人の中には、家族にまだ連絡がついていない人がいた。テレビで新しいニュースが流れるごと、彼らは不安に駆られ電話をしてみるのだが、当然つながりはしないのだった。

その時、わたしは奇妙な感覚に襲われた。それは、わたしはこの光景をすでに見たことがある、というものだった。

わたしは、弟と二人、神戸の街がなすすべもなく燃えていくのを明け方までテレビの前で眺めていたのを覚えている。あたかも空襲のように炎に覆われる街を。三宅島の火山が噴火した時のことを覚えている。わたしは中学生だった。今津波に襲われている地域が地震にあった時のことも覚えている。


数え切れないイメージが戻ってくる。地震や台風の映像、あまりに多すぎてどれがいつの災害か思い出せないイメージが。それらが写真のように一枚ずつ重なる。それはイメージであり、同時にイメージではない。自分たちがカタストロフの当事者である時、イメージは単なるイメージではなく、現実になる。でも当事者でありながら直接の被害者でない時には、イメージはある種イメージとしての性質を保ち続ける。その、現実でありながらイメージでもあるものが、日本が災害に見舞われるたび、わたしたちに襲いかかってくる。テレビを見ているわたしたちの眼の前で次々と重なっていく。

でも、わたしが今回突然気づいたのはそれだけではない。被災地から最も遠く離れたこのパリで、日本人の友人たちとともに、隠れ処を探す小動物のように狭いアパートに身を寄せ合って時を過ごしながら突然思ったのは、こういった経験をしたことがない人たちがいる、人生でこのような状況に一度も置かれたことがない人たちが世の中には存在するのだ、ということだった。フランス人が例えばそう、揺れることのない土地の上で暮らしているんだ。彼らはなんて恵まれているんだろう。
そしてわたしたち自身もまた、不安に怯えているとはいえ、パリという安全な場所に住んでいる、そのことに同時に思いをいたさずにはいられなかった。

三月十二日
朝三時、父親がやっと帰宅した。わたしの実家は神奈川県にあり、東京在住の人たちのように徒歩で帰宅するには遠すぎた。
同時に、電車やタクシーに乗ることは期待できるはずもなかった。遠距離バスを待つ乗客の列は長すぎた。父は東京駅まで歩き、新幹線に乗り、東京から八十キロメートルある小田原で降りて、そこからタクシーで二十五キロほど逆方向に引き返し、家に辿り着くことができたのだった。もちろん、小田原で夜を明かすこともできただろうが、母親のことが心配で、一刻も早く家に帰りたかったのだという。
パリ市内六十一番のバス。わたしの隣には、子供を二人連れた母親が乗っていた。男の子と女の子。交互に、自分が夏休みに行きたい国の名前を大声で唱えていた。

「わたしブラジルに行きたい！」「ぼくはメキシコ！」

学校で世界の国々の名前を習ったばかりなのかもしれない。ある時男の子の方が言う。

「日本に行く！　あ、間違った、日本は今はダメ、いつか、後でね」

通りを歩きながら、わたしは、今自分が、びくともしない土地の上にいるのだと気がつく。

この日の午後から、わたしはこの日記を書き始める。三月十一日にはまだ何も書き付けていなかった。どうして書き出すようになったのかは覚えていない。多分、翌週に朗読会を控えていたから、その時に話すことをメモしようとしていたのかもしれない。わたしは、これまでのようにテキストをただ朗読することはもうできないと知っていた。何もなかったように、今起こっていることと関係なしに言葉を読み上げることはできない、と。

三月十三日

歌人石井辰彦さんパリ到着。消耗しきっていたが、それも当然のこと。

彼は、三月十五日に行われる公開対談と、幾つかの朗読会に参加するためにフランスに来たのだった。フライトは欠航にならなかったが、成田空港までの足が確保されるかどうかわからなかったため、パリ側では最後まで、石井さんが来仏できないのではと考えていた。

石井さんは、「災厄《ディザスター》」、フランス語で désastre という言葉が、イタリア語の「disastro」、呪われた星の元に、という意味だと教えてくれる。

フランスの日刊紙では、これほど自然災害の多い国によく日本人が暮らしていけるものだ、と呆れ気味で書きたてる記事が掲載されていた。わたしは、そのジャーナリストが、アフリカ諸国のように過酷な気候下に住む人たちや、イランやトルコのように、やはり地震の多い国に住む人たちにもおしなべて同じことを言うのか知りたいと思った。

三月十四日

東京都知事の石原慎太郎が「日本人のアイデンティティーは我欲。この津波をうまく利用して我欲を一回洗い落とす必要がある。やっぱり天罰だと思う」と発言する。

どこにでもその手の発言をする馬鹿者がいるものだ。災害を待ち望んでさえいるのではないかと思われる人たちが。自分の地域でさえなければ災害が起こってもいい、そうすれば「日本の若者も目覚めるだろう」と思っている手合いが。自分は戦場に行かず、でも戦争が起きてもいいと思っている人たち。非常事態になると必要のないヒロイズムを振りかざす人たち。

携帯電話会社の営業がまた電話をかけてくる。お得なキャンペーンとやらのお知らせに違いない。わたしは、自分の現状については確かに「メモ」されたはずだし、今そういった電話に煩わされたくないのだと伝える。すると驚いたことに先方はこう答えた。

「そんな風に会話を中断するのはマナーに悖《もと》ると思いませんか。そういう反応をされれば、こちらもまた電話をしようと思ってしまうのが人情でしょう」

そしてこう付け加えるのだった。

「それに、わたしだって、日本に知り合いがいるんですから！」

ずっと、とは言わないから、当分の間、日本人らしい名前の人には勧誘電話をかけないようにという規則とか、マニュアルがどこかにないものだろうか。賭けてもいいけど、リビアの人たちがデモをしている真っ最中にも、勧誘電話に邪魔されることがあるに違いない。

わたしはNHKのニュースを消すことができない。付けっ放しにして仕事をする。いや、そうじゃない。実際のところ、仕事なんてできていないのだ。わたしは麻酔にかかった状態になっていた。後でわかったことだが、友人たちも同じ状態にあった。

わたしは、最初の晩に受けた感覚のことを再び思い出す。イメージがひとつひとつ重なってくる、あの感覚を。それが意味することを。

テレビに釘付けになっている時にわたしたちが相対しているのは、波や風、炎の映像だけではない。それは、生きている人がその中に存在する、生の瞬間なのだ。身内を探して市役所の受付の壁に貼られた名簿に目を凝らす人たち、自分の家族がどこにいるのか、生きているか死んでいるかもわからない人たち。行方不明者は、何日も、生と死の間を、死の方に向かってさまよっている。一見生ける魂のひとつもないように見える荒廃した光景だが、スクリーン越しにも、その中にいる人たちのことを想像せずにはいられない。行方不明者の数を数えずにはいられない。

今のところ、その数は二千だが、その数字が毎日増えていくことをわたしたちは知っている。その映像の合間に、余震警報が鳴り、ニュースの流れを中断させ、わたしたちはそのたびに身震いする、日本の携帯電話が地震を知らせ耳障りな音を立てる時のように——日本の電話はそのように設定されているのだ。それから、病院や避難所の名前、飲料水が手に入る学校の名前、食料品や、不足している物資のリストを告げるニュース。それから、死者の名を読み上げるニュースキャスターの口調。時に、キャスターが名前の読みに躊躇することがある。おそらく、死亡者名のリストが漢字で渡されたのだろう、どう読むのかためらったのに違いない。死者が、名前の読みに至るまで、揺さぶられている。

変わらないのはニュースキャスターの口調だけ。それはまるで、視聴者に囁いているかのようだ。「新たなカタストロフをご紹介します。わたしの口調に聞き覚えがおありでしょう。この口調で伝えられる事柄が忌まわしいことをあなた方はご存じでしょう」と。

そのトーンはわたしたちの耳にこびりついて離れない。カタストロフの映像は網膜に貼り付いて、わたしたちが子供の頃から知っていた他の映像に重なる、わたしたちはこれからも、未来においても、その映像とともに生きなければならない、網膜に一生貼り付いたままのその映像が時としてわたしたちの眼の前に明確に現れる。

わたしは、こう書くことによって、「あれ」が止まってくれますように、と願っていることを感じる。

この文章を書いている今この時、わたしは、どんな風にこの本が終わるのかを知らない。普段は大抵、書き上げる瞬間まで内容の詳細が不明であっても、自分の本の結末だけはわかっている。自分でも腹立たしいほど、いつもわたしの本はハッピーエンドで終わる。馬鹿馬鹿しいハッピーエンド。自分の本が、いつも同じように幸福な結末を迎えるのはおかしいって自分でもいつも思っている。でもこのたびばかりは、この本がハッピーエンドで終わりますようにと願わずにはいられない。今書いている本の最後のページを、今すぐ目にすることができるならいいのに。

石井さんと「オルランド・フリオーゾ」を観にオペラ座に出かける。石井さんがパリにいる間一緒にオペラやコンサートに行こうと、あれこれチケットを買っておいたのだから、今さらキャンセルする謂れもないだろう。とはいえ、観劇中、わたしたちは気もそぞろだった。幕間に、石井さんはこう言う。「こうやって芝居を楽しんでる間に、原発が爆発したら、どうなるんだろうね」

わたしは答える。「そうやって人は亡命者になるんだと思う。そうなったら、石井さん、日本に帰らずに、このままパリで亡命歌人になるしかないでしょう」

ブラックユーモア。自分たちにのしかかっている不安も現実なら、ここでオペラを鑑賞している自分たちもまた現実だという、ほとんど分裂病的な感覚。

日本文学研究者のセシル坂井さんとわたしは、石井さんのパリの朗読会に備え、彼が読む予定の短歌を仏訳しておいた。作品を選んだのは一月で、翻訳は三月二日に終えていた。

三月十二日、セシル坂井さんがわたしにメールを送ってくる。

「石井さんの作品のことだけど……」

わたしもまた同じことを考えていた。

彼には、「人類に告ぐ」というタイトルの、カタストロフについての三部作があった。

その第一部はこう始まる。

「鈍色《にびいろ》の聲、もて、告げむ
——瞬時《つかのま》に、是《か》くも多くの人間《ひと》、死にたり。と」

これに先立って、リスボンの地震についてのヴォルテールのテキストの引用がある。石井さんは明日の会のことを心配している。自分が故意にこの作品を選んだと思われたくないからだ。

フランスのメディアは日本人の礼儀正しさについて盛んに報道する。「もののあわれ」にその理由を求める人もいれば、日本人の信仰のせいだとする記者もいる。諦観の精神だと論じるものもいる。もちろん、わたしだって、フランスで地震なんかに会いたくないと思う。とんでもない混乱状態になることは目に見えている——とはいえ、フランス政府は日本政府よりもっと素早く行動、決断するだろう。

どちらにしても、両国でもし反応に違いが出ると想像できるとしたら、それはメンタリティーのせいではない。日本人が行っている具体的な訓練、長年の間に身についた習慣だ。自然災害は起こるものだとわたしたちは知っているから。そこに、悲観的なものはない。それが現実だからだ。わたしたちはそれを知っている。学校で習うことだ。地震の際にどう行動したらいいかの訓練を受けている。日本の子供なら、津波の時、土砂災害の時にとるべき行動を教わっている。

だからと言ってすべてに備えることは不可能だ。台風は毎年やってくる。時として、停電がそれに伴い、アンテナや家の屋根が飛ぶこともある。そういうものなのだ。もちろん、地震は毎回大きいわけではないが、小さい揺れなら一月に一回は経験している。万が一の時に徒歩での最適な移動路を示した東京の地図はよく売れている。どの家にも、懐中電灯とラジオが玄関に置かれている。備えあれば憂いなし、それがわたしたちの日常なのだ。だから、災害が起きた時には、驚くよりは「起きるべきことが起きてしまった」という気持ちになるのだし、自分の住む場所が災害に襲われなかった場合にも、「自分たちに起こってもおかしくない」とか、「次は自分の番ではないか」という気持ちに襲われる。

諦念ではなく、いつでも、他人事ではないという気持ちを持っているのだ。そしておそらくそれがゆえにまた、どんな災害の際にも連帯の気持ちが起こるのだろう。また生きることができる、ゼロから始めるにしても、災害がすべての終わりではないと知っているから。生存自体が中断し、真っ二つに切断されてしまった場合を除いては。

救助に関して言えば、阪神・淡路大震災のあとの対応はもっと早かったような気がする。今回よりも迅速に救助隊が駆けつけ、状況がすぐ改善したのではなかっただろうか。実際そうだったのかもしれないし、わたしの思い違いなのかもしれない。阪神・淡路大震災の時にはわたしは日本にいたから、被害者の救助に行ったボランティアたちの姿をより頻繁にテレビなどで目にしていたのかもしれない（三ヶ月で百万人以上のボランティアが殺到した現象はのちに批判の種にもなった。災害現場に野次馬根性で出かけ、真の救助活動の邪魔になった場合があったからだ。その反省を踏まえ、今回、ボランティアは無論必要だが、プロの救助隊の指導のもとにグループに纏められることになった)。

はっきりとは覚えていないとはいえ、阪神・淡路大震災の際には、遅くとも一週間後には新しく物事が動き始める感覚、ある種の希望、不幸の中にも一種のエネルギーがほとんど奇跡のように現れるのを目にする場合もあった。今回は、災害にあった人たちは、あらゆる希望を失い虚脱状態にあるように思われる。そしてわたしたちも、現在起こりつつある新たな災害を前に、無力感にうちひしがれているのだ。

『リベラシオン』紙の女性編集者が電話で原稿依頼をしてくる。時事問題に関する記事をジャーナリストではなく作家に書かせる号があり、そこに「今回の件」について寄稿してほしいというのだ。すぐに渡せる内容のテキストはすでにあった。彼女は、入稿の時までその記事を取っておいてほしいという。「万が一」これからどう状況が変わるかわからないから、と。

三月十五日

わたしたちはカタストロフの前夜にいる。わたしたちは、カタストロフが起こらないようにと願いながら、カーテンをそっとめくるようにして「前夜」の只中を通り過ぎる。

「今回わたしたちは前夜を生きていると知っている」、とわたしは数日前あるテキストに書いたが、もう、その前夜は過去になっている。わたしたちは、原発を残しておこうと思わない方がよかったとか、それが適切な解決を遅らせたなどと知っている。同時に、わたしたちの前に新たなカタストロフ前夜が現れる。わたしたちはカタストロフのいくつもの層を同時に生きている。

京都の人たちは、今回の災害を比較的他人事としてしか考えていない、と人は言う。ここパリからだと、日本全体が揺れたように見えるが、それは決して正しい認識ではない。関西ではもしかしたら、一九九五年の阪神・淡路大震災で自分たちは十分に苦汁を舐めたと感じているのかもしれない。関東で何かが起こるとメディアは他の地方の場合よりも大騒ぎをするのを、批判的にとまでは言わなくても、冷ややかに眺めているのかもしれない。それにも一理はある。日本が東京を中心に回っているのではと思われる時もあるからだ。

首都が直接の震源地ではなかったにせよ、福島の原発事故のせいで計画停電を行わなければならないなど、東京の首都機能に少しでも支障が出ると日本のメディアはすぐに大騒ぎする。他の地方が被害を受けた時とは比較にならない。岡山のチーズ農家の友人からのメールを受け取る。彼は、二十七年前に東京を離れて地方に生活の拠点を置くことにして正解だったと書いていた。メディアが東京中心にしか動いていないのが彼には我慢がならないのだった。

東北の大学の中には、入学試験を延期したところがある。その後、入試に関する問題が生じていたのは東北だけではないことがわかった。今回被災した人たちで、他の地方の国立大学を受験するはずだった学生がいて、彼らは受験会場まで赴くことができなかったのだ。一九六九年の学生運動の際に、東京大学が入学試験を取りやめた時以来、この規模での問題が生じたことはなかった。四月二日、国立だけではなく、他の地方、特に関東の私立大学なども、入学の時期を一ヶ月ずらす事態になったとわたしたちは知るだろう。

葛飾北斎の「神奈川沖浪裏」をテーマに風刺画を描くフランス人がいる。津波のイメージをそこに見たがっている人たち。神奈川沖の波を素晴らしく描き出しているこの版画は、津波とは何の関係もないのに。北斎もいい迷惑だ。

そこから見て取れるのは、恐れが西欧人の間にまで伝わっているということ。一度溺れかけた人がもう海に近づけなくなるように。過去に描かれた表象にまでトラウマが機能するということ。

わたしのフランス語の書籍を出版しているP・O・L社の社長、ポールは、わたしが「悪魔祓い」のためにこのテキストを書いているのではないかという。もしかしたらそうかもしれない。出来事を単語の間、文章の間に挟み込んでしまって、小さく圧縮し、放射性物質を封じ込めるように、出来事自体を閉じ込めてしまうこと。

どの作家も皆、自分固有の語彙、道具箱を持っている。膨大な語彙を有していたとしても、決して自分自身の作品には使わない単語というものがある。自分の創作世界を構成しない言葉というものが。例えばわたしの場合、自分のテキストに「放射能」という言葉を使う日が来るとは思ってもいなかった。

わたしは思い出す。ジャスミン革命の間、チュニジア人の友人がわたしにこう話してくれた。「驚いたのは、革命の間、街中で見知らぬ人同士が声を掛け合い、互いに助け合っていることなんだ。デモに参加する若者たちに差し入れをしている近所のお母さんたちとか。今までに見たことがない現象が起こっている」

そういう状況を、わたしも知っている。災害のあと数日間出来する状況だ。人々は突然連帯感を抱き、人様の子供に食べものをあげたり、年寄りに手を貸したりする。でも彼にそう言うことはできなかった。革命と災害とを一緒くたにしていると捉えられるのを恐れたからだ。災害の話をすることで、ジャスミン革命の間の喜ぶべき現象にケチをつけたくなかったということもある。それでも、それは日本で起こっているのと全く同じことだとやはり言わずにはいられない。

レベッカ・ソルニットが著書『災害ユートピア——なぜそのとき特別な共同体が立ち上がるのか』で、大災害が起こった後、ほとんどユートピア的な共同体が現れると書いているのを知った。彼女は、それは普遍的な現象だと述べている。わたしは、まだ本を手に入れることはできていないけれど、アメリカでも観察されたそのような自発的な連帯、日本と同様の行動、洪水や地震などの自然災害や、テロリストによる攻撃の後などに国を問わず現れる、奇妙な多幸感に満ちた相互扶助状態について書かれているようだった。まるで、災害の前では人は誰も皆平等だと突然意識するかのように。

密度の濃い創作の時間を持つことは、作家にとっては幸福な状態に違いない。本来なら幸福でなければならないのに。書くことを自分に課して苦痛になったのは今回が初めてで、このような濃密な執筆体験を嘆くのもまた、初めてのことだった。

数日前から、わたしは自問自答している。だとしたら、なぜ書き続けるのか？　紙の上に何が書き付けられ、何がコンピュータのスクリーンに現れているのか。

地震が起きた日、わたしはプノンペンからの帰途にあったかもしれなかった。その少し前、わたしはカンボジアにいて、帰途のフライトを三月十一日にしようか迷っていたから。その場合、わたしはトランジット地の台北で地震のニュースを聞くことになっただろう。

プノンペンの街中は賑わっていて、どこに行っても喧騒の渦、車やリキシャーが歩行者の間を縫って進んでいた。この街に人通りがなくなることは決してないのではと思われるほどだった。ベイルートにも、別の意味だが、同じ印象を持った。近代的な建物が海岸沿いに聳《そび》え立ち、人の行き来が絶えない通りには豪華ホテルやブティックが建ち並んでいた。

そこで日常を過ごすわけではないわたしたち外国人は、プノンペンやベイルートに、わたしたちが抱いているかつての歴史的なイメージを貼り付ける。荒廃した街のイメージ、不幸を経験した街のイメージを。でも、その街に住む人たちは、そこで起こっている日常の薄い層を絶えず重ねていくことで街のイメージを少しずつ変えていくのだ。言い換えれば、かつて鮮やかだった災害のイメージはだんだん薄れ、他の多様なイメージに覆われていくということだ。

反対に、そこで暮らしていない場合、街は不動で抽象的なイメージの塊となり、流れる時もそれを変えることができない。ただひとつのイメージとなる。

もちろん、プノンペンは過去を忘れたわけではない。しかし今日、人口の多くは三十代以下で、市民の多くはクメール・ルージュの悲劇の後に生まれている。若者にとってその歴史は、本で読むとか話として聞いたりしたもので、実体験ではない。彼ら自身が身を持って生きたわけではない悲劇の歴史を、わたしたちはその人たちに貼り付けようとする。わたしは彼らの気持ちを想像しようとしてみる。いつまでこの街は、これらの街は、このような目で見られ続けるのだろう。いつ、忘却のシステムが働き始めるのだろう。

今起きている災害によって、東京のイメージが曇ってしまうことがありませんように。またはもうすでに遅く、東京の街は、取り返しがつかないほど汚れてしまっただろうか。

和食では海藻が伝統的な食材として用いられる。ヨードが豊富で健康にいいとはよく知られている。今、日本では、放射能汚染に備えて大量の海藻を買い込む人が増えているという。悪い冗談だ。

そのあとすぐにわたしたちが知ったのは、海が汚染されると、海藻は放射性物質を取り込み、濃度も高くなるということだった。

パリ第七大学の講演会場でシンポジウムと朗読会が行われる。聴衆は多い。いつもなら、この手のイベントには若者は少ないものだが、今日は大勢の学生が参加している。奇妙な雰囲気が場を支配している。聴衆は詩の朗読を聞きに来ているとはいえ、わたしたちは、何事もなかったかのようにただ朗読をするわけにいかない。

朗読の前に、石井辰彦さんが、これから読む短歌は地震が起こる以前に、全く偶然に選ばれた連作だと説明する。

彼がそのような説明をするのは、もっともなことだった。でも同時に、わたしは、これは偶然ではない、と思わずにはいられなかった。

わたし自身も、この手の偶然に居心地の悪い思いをしたことがあった。昨年わたしは、アーティストで作曲家のエディ・ラドワールとコラボレーション作品を制作し、その作品のコンサートツアーを行った。作品のテーマとして、わたしはボストン糖蜜洪水事件を扱った。一九一九年一月十五日、ボストンで糖蜜の大洪水が起こり、死者二十一人と負傷者百五十人が出た。八百七十万リットルの糖蜜を貯蔵した、高さ十五メートル直径二十七メートルのタンクが爆発し、中身が街中に流れ出したのだった。

この事件を取り上げた理由のひとつは、糖蜜の洪水という突飛なテーマに興味を惹かれたからだったが、もうひとつには、カタストロフの前日を描写する方法について考えてみたかったこともあった。

通常、カタストロフは起こってしまった後でなければ書くことができない。それがいつ起きるか前もって知ることはできないのだし、前もってわかればそもそもカタストロフは起こりえないのだから。

ボストン糖蜜洪水事件の場合には、ボストン市民は、タンクから流れてくる糖蜜の匂いを長い間かすかに嗅いでいたかもしれない。資料によると、住民はタンクの隙間から流れてくる糖蜜を時々集めに来ていたという。このケースでは、カタストロフの出現を予知できるわかりやすい要素が本当ならあったのかもしれない。

カタストロフ前の、まだそこにはない存在、または定義できないけれど感じられる存在を描写してみたかった。

わたしはテキストを二〇一〇年二月二十七日に書き終え、「前夜」というタイトルをつけた。その次の日、暴風「シンチア」が、まさにわたしたちのツアー予定地を直撃したのだった。

石井辰彦さんが朗読したテキストの一部はこんな風だった。

人類《ジンルイ》を泯《ほろ》ぼす……　なんて、簡単、さ！
地球が（鳥渡《ちよつと》）身動《みじろ》けば、いい
慎《つつ》ましく（約《つま》しく）生きて、蟲螻《むしけら》のやうに死ぬ。
——あらっ！　と、言ふ間《マ》に
（中略）
君だつて、気付いてゐる、さ！
本当に怖いのは（然《さ》う！）人間《ニンゲン》だつて
人類《ジンルイ》は（もう）泯《ほろ》んだか？
海は泡立ちぬ。地は揺らぎぬ。ひとしきり

て な次第《わけ》で、人類《ジンルイ》に告ぐ
――死に絶えなさいな！　無慈悲な神もろともに

どうして、このような偶然の一致が起こったのだろう。そもそも、それは偶然なのだろうか。詩人はカタストロフを予言できるなどと言うつもりはもちろんない。そこに因果関係は全くない。ただ、数え切れないほどの、自然災害や人的災害が世界で起こり続けていて、その意味では、わたしたちはいつでも、カタストロフの後か、常に来るべきカタストロフの前夜にいるのだ。

このテーマに存在を貫かれている作家やアーティストたちにとって、創作活動、思考があるカタストロフに直接先立っていたり、カタストロフとほぼ同時に生まれたりするのは全く驚くべきことではない。

「前夜」と名付けられた、糖蜜洪水災害を扱ったこの音楽作品を、作曲家のエディーは編集後自分のウェブサイトにアップし、そしてわたしはフェイスブックに投稿した。どちらも、まさに二〇一一年三月十日のことだった。そういうことは起こりうる。重要なのは、それを偶然だとして安易に驚いてしまわないこと。その手の偶然の重なりは、それ自体としては何も意味しはしない。

大事なのはむしろ、今までに何度となく問われてきた「カタストロフの後に何が可能なのか」について自問自答する際、その「カタストロフの後」は来るべきカタストロフの前夜でもあることを頭に入れておくこと。カタストロフ以前に何を書くべきかについても問うこと。さらには、わたしたち二つのカタストロフの間に何が書けるのかについても。複数のカタストロフの間とは、わたしたちが生きているこの状態そのものを意味するのだから。
石井さんは、今回の地震についての短歌を書くことはできないという。それを聞いて、わかったことがある。わたしたちは、一旦カタストロフが起こってしまった後でそれについて書くことはできるかもしれない。でも、起こっている最中に詩を書くことは不可能だ。わたしは、カタストロフの最中に詩を書くことはできないだろう。

もうひとつわかったことがある。今わたしが書き付けているのは、文学ではない。これは「レポート」だ。わたしは、できる限り真摯なレポートをしたためている。

地震と津波のイメージを前にしてわたしの念頭に浮かんだのは、テレビのイメージだけではなく、文学的な記憶だ。谷崎潤一郎の『細雪』の中で、一九三八年の阪神地方の大洪水が描写されているくだり。それから、どこかの線路沿いを歩いている登場人物のイメージ。最初、それがどの作品から来ているのかを思い出すことはできなかったが、友人が、それは北杜夫の『楡家の人々』だと教えてくれた。一九二三年の関東大震災直後の場面だ。東京から何百キロメートルか離れた箱根にいた登場人物は、徒歩で東京に戻る。セシル坂井さんはまた、大地震が起きるという妄想に取り憑かれた人物が出てくる幻想的な小説を谷崎潤一郎が書いていると教えてくれた。
朗読会の間、それからその後の夕食の時にも、不安は皆の頭から消えなかった。誰もが、絶えず携帯にちらちらと目をやり、「万が一」また新たな地震が来るのではと恐れている。静岡で震度六の揺れ。わたしの両親が住んでいる県のすぐ隣だ。実家に電話をするが、誰も出ない。パニック状態。

不安がる人たちに、石井さんは冗談めかして言う。

「もし天皇が東京を離れたら、日本も終わりってことだね」

ガイガーカウンターとしての天皇。

その何時間か後で、やっと両親に電話がつながる。冷静沈着そのもの。わたしだけが、遠く離れて、これほどまでに怯えている。実際にカタストロフの最中にいるのは彼らの方なのに。

不思議なことに、わたしは、祖父が亡くなる前の数ヶ月間と同じ精神状態にあった。祖父はわたしにとって一番大事な人だった。亡くなる年にはずっと入院していて、もう長くないとわたしたちは知っていた。わたしはパリに住んでいるので、いつ日本に戻れば「間に合うのか」常に気を張り詰めていた。同時に、急いで日本に戻ることも恐れていた。まるで、わたしが帰国すると祖父の死が早まってしまうかのように。もちろん迷信じみた思い込みでしかないのだが、でも、その思いは拭い難く、わたしはパリで日常生活を送りながら、不安に怯えたまま、待っていた。

前夜を生きつつも、自分が前夜にいるとは信じたくないという気持ち。

もちろん、カタストロフが起こってほしくないけれど、ただ待ち受けている状態もまた耐えられないので、いっそ、事が起こってしまえばいいとさえ思ってしまう。ぎゅっと目をつむっている間に。

時間を巻き戻せれば、なおいいのだけど。

三月十六日
東北に雪が降る。

天皇のテレビ会見。国民の不安を鎮めようとしてなのか。

石井さんは言う。「天皇の顔を見た？　あんなにむくんでしまって。ずいぶん前から何かの病気の治療中らしいよ。ご自身が病気なのに、日本の再生を願うなんて、象徴的だねえ」

セシル坂井さんがそれに続けて言う。「天皇に何かあったら、あの国も終わりでしょうねえ」

二人とも、天皇を崇拝しているというわけではない。このようなケースにおいて、天皇が日本人に与えうる影響力について客観的に知っているということなのだ。


王の身体。国の危機に際して、王の身体は機能している必要がある。阪神・淡路大震災の後、皇后は被災地に、皇居の水仙を手向けに行った。

天皇が福島に行けば、奇跡が起こって原発は鎮まるのではないかという発言をこの数日聞く。ここ数日で、海外諸国が大きく舵取りを変えているのを感じる。最初は、日本は単に自然災害の被害を受けたかわいそうな国だったが、あのクソのような原発事故のせいで（ほら、自分の書くものの中で「クソのような」という表現を使うのも初めて。でもこの場合は適切な表現だと思う）、この国は世界的なトラブルメーカーに変容した。このところずっと日本の話ばかり、聞き飽きた、と海外では誰もが思っているに違いない。わたしたち日本人が、この人的災害の元である東電の責任者の反応を聞き飽きているように、この災害に関わりのない外国人がわたしたちに背を向けてもおかしくない。不安に駆られるのにはもううんざりしているのだ。

国際世論が福島にかまけている間に、カダフィが密かに態勢を立て直しつつあると知り合いが教えてくれる。「福島にかまけている」、それは確かだ。このところ新聞の何ページをも占めている日本の話題なんて、他のニュースにいくらでも明け渡してしまってもいいのにと思う。

編集者の英果さんが東京からメールをくれる。地震があった時、彼女は詩人の吉増剛造さんと一緒にいた。喫茶店で雑誌のインタビューを受けていたのだ。インタビューが始まるかどうかという時に、すべてが揺れ始めた。古い民家を改装した喫茶店は大きく軋み、英果さんは屋根が落ちてくるのではと思ったという。店内の客は皆逃げ出し、店の猫はソファーの下に潜り込んだ。

しかし、吉増剛造さんは、ありえないほどの冷静さで、何もかもが絶えず揺れる中、話を続けた。午後の光が柔らかに差す店内、揺れる微笑みを湛える剛造さんを見て、英果さんは空恐ろしくなったという。彼は地震の最中も、何かを捉えよう、計測しようとしているようにさえ見えた、というのだ。彼の身体そのものがアンテナになったかのように。この災害を元にして千行の詩を書けるかもしれない唯一の詩人は剛造さんだろう。怪物のような詩人だ。

東京の女友だちが、地震がない時でもまだ足元が揺れているように感じるという。

被災地に住んでいる詩人の和合亮一さんが、ツイッターにこう投稿していた。

「行方不明者は、「行方不明届け」が届けられて行方不明者になる。届けられず、行方不明者になれない行方不明者は行方不明者ではないのか」

出版社で働いている暁子さんからのメッセージ。石巻と八戸の製紙工場が全壊したという。この工場の稼働率に頼っていた出版社は、紙の在庫を切らしつつあるという。雑誌をいつまで出し続けられるのかはわからない。紙がなければ出版点数を減らすか、部数を減らすしかない。新刊を出せず、震災のあおりで返本率が高くなれば、倒産の危機に陥るところも出るだろう。

わたしと同世代の暁子さんにとって、紙がないせいで印刷できない状況に陥ったのは初めてだった。

第二次世界大戦以降起こったことのない事態だからだ。

わたしは次第に、どうして自分がこの文章を書いているか把握し始めた。かつて戦争のクロニクル、ある王朝下の年代記《クロニクル》を執筆していた人たちのように、その日起こったことを綴っていく。クロニクルにおいては、事実に沿い、対象からは客観的な距離を取った描写がなされる。書き手の名前は忘れられても構わない。重要なのは、出来事が残した痕跡について書けるだけのことを書き写していくこと。わたしは美文を求めていない。美しい文章を自分に禁ずる。

時間が経つにつれて、わたしはこの物語に幸福な結末を与えられるとはだんだん思えなくなってきている。今回は、物語の書き手だからといって、自分が書いている内容に介入できるわけではないと気がついていた。ハッピーエンドになるようにこの本を書いたら現実がついてきてくれるのならどんなによかっただろう。自分が今しているのは、起こっていることをただ歪めないように書くことだけなのだ。

電話。家族が日本に住んでいるフランス人女性二人。彼女たちは両方とも呆れ返っている。どうしてこの状況下で日本人が職場に相変わらず通えるのか理解できないのだ。彼女たちの反応は二人とも同じだった。命の危険がある時には、仕事なんて重要じゃない。働くのをやめて身の安全を確保するのが先でしょう。

もちろん、同じ出来事がフランスで起これば、皆そうするだろう。そして、インフラはすべて止まってしまうだろう、もしかしたら原発自体も。

わたしは、皆が逃げてしまったら社会は成り立たなくなるし、特に東京では、それが新たなカタストロフを生むだろうと彼女たちに説明しようとする。でも同時に、わたし自身、その説明には自信がない。確かに、病院や公共交通機関、他の公的サービスは機能している必要があるけれど、その他の場合はどうだろう。企業で働く人や、小さい子を持つ親は、いま少しの間だけでも、関東から離れた方がいいのではないか。

わたしには、この友人たちの反応がよくわかる。彼女たちの身内は、東京を離れようとしていない。日本人と結婚して、家庭を持ったからだ。彼女たちは、日本の義理の家族も働くのをやめて東京から逃げてほしい、できることならフランスに来てほしいと思っている。彼女たちのうち一人は、普段は日本人の義理の娘さんのことをとても褒めているのに、今回、ついこう口にした。
「息子が日本人と結婚さえしていなければ……」
確かに、そうすれば、彼女の息子はカタストロフにこれだけ振り回されることはなかっただろう。わたしまで、何がしかの罪悪感を覚えてしまう。

パリに住んでいる日本人の女友だちが涙ながらに電話をしてくる。東京に残っている妹のことを想っているのだ。原発の状況が悪化したら、妹はもう子供を持てないかもと言う。もちろん、今の状況では、事態はそこまでは悪化していない。でも、この事態がここで止まると誰が確証できるのか。

午後外出。外では、人々が何もなかったかのように歩いている。それも当然だ、彼らの身には何も起きていないのだから。道を行き交う人に声をかけて、あなたたちは本当に運がいいって知ってます？　って聞きたくなる。パリにいる多くの日本人のように、わたしもまた、完全に理性を保ててはいないのだ。

逃げた方がいいのか悩む人がいても当然だ。この状況をユダヤ人の経験と比較する日本人がいる。ナチスが台頭し始めた時、仕事や家族がいたり、事態の深刻さを理解しなかったりしたせいで、逃げるのに間に合わなかった人たち。その二つを比較してみたところで何の意味もないと思うけれど、遠く外国にいるわたしには、それについてコメントする権利は何もない。

日本からのフライトの乗客や、日本から輸入される食料品の検査をし始める国がある。日本の食材はこれまで高く評価されていたのに、この事故で大打撃を食らう。

災害で立ち行かなくなり、予定されていた雇用をキャンセルする企業。

義理の妹、ルルは上海出身なのだが、彼女の母親が入院したという。弟は上海行きのフライトを探すが、どの便もオーバーブッキング。ルルは絶望している。もしもパリへのフライトの空きが残っていたら、まずはパリまで来て、地震のない国で数日休息を取ってから、通常運行しているはずのパリー上海便に乗ったらどうかと持ちかける。

わたしは両親にも一週間か二週間の「休暇」を取ったらどうかと言ってみる。父はその提案を断る。おそらく、最後まで逃げないのが倫理、という世代なのだ。リスク管理のコンサルとして働いているからには、タイタニックのキャプテン役を演じる必要があるのだろう。

ただ、実際問題として、もし自分が東京にいたらどうしただろうと考えると、日本を離れたかどうかは定かではない。詩人の石井さんのように、または金曜日のシンポジウムに参加した日本人の研究者たちのように、地震が起こる以前からすでに予定していた旅行があったなら、わたしも予定通り出発しただろう。そうでなかったら、東京にとどまっていたに違いない。

逃げた人も残った人も、どちらの決定をも非難しないこと。どちらにもそれぞれの理由があり、それぞれが自分と他人の立場を十分に意識しているのだから。

三月十七日

仙台の市場からの報道。野菜を手に入れられた女性が、「皆さんのおかげです」「ありがたいことです」とお礼を言っている。フランス人だったらありえない反応に違いない。でもこれもまた、メディアの検閲の結果かもしれない。一九九五年の阪神・淡路大震災の後、テレビ局の取材で、何を食べたいですか、と聞かれて「焼肉！」と答えたのに、最終的に「おにぎりがあれば十分です」という答えの部分だけが放映された、と誰かがツイッターで書いていた。

わたしは、災害について書かれている日本語のテキストについて調べ続ける。関連書物はあまりにも多く、一九二〇年代の文学で地震について書かれた作品のアンソロジーが編めるのではと思うくらいだ。

確かにこの時代、作家とジャーナリストの境はそれほど明確ではなかった。作家が報道関係の仕事をすることも珍しくなかったし、様々な時事問題についてエッセイで自分の意見を述べることもあった。

また、『細雪』や『楡家の人々』のように、物語が何十年かにまたがる小説では、登場人物は必ず何らかの自然災害に見舞われることになる。これは、日本に登場人物が暮らす限り避けられないことだ。

作家が意識して書いているかどうかはわからないが、これらの文学作品は、災害に関する単なる資料以上の情報をもたらしてくれる。三月十一日、地震の後ですぐに自分の脳裏に浮かんだ小説の中のシーンがいくつもあったように、わたしたちは災害にまつわる恐怖、不安、パニックなどを、それらの本を読むことで身近なものにし、カタストロフの記憶を構成してきた。

わたしはカタストロフについて書こうと思ったことがある。コラボレートした音楽作品、「前夜」でのテーマをもう一度題材に取り上げ本を書こうと思っていた。一九一九年の糖蜜洪水事件の前夜、ボストンで起こったあらゆる人生について書いてみたかったのだ。もしかしたら、いつか書くかもしれない。でも、このアイディアを抱いたのはおそらく、このカタストロフが自分と直接の関わりを持たないからだったと思う。他の国で起こった、しかも過去に属しているカタストロフであり、そのあとボストンがどんな歴史を生きたかをわたしたちは知っている。「自分自身」のカタストロフを現在形で書くことになるとは思いもしなかったのだ。

カタストロフに特有の時制についてもわたしは考える。約束事としての。定義として、カタストロフは常に起こった後で記述される。わたしたちは前夜に乗り込むことはできない。

でも今回のようにいくつものカタストロフが重なる時、わたしたちは、カタストフロフ前夜、その後、それからカタストロフの只中という三つの時制を同時に生きている。西谷修が言っているように、原発事故は、それが起こった時、わたしたちは出来事の始まりに立っているのだ。袋小路の始まり。それ自体がカタストロフであるところの。

今回、この一連のカタストロフをどんな時制で書けばいいのだろうか。そしてどの時制で描写を終えればいいのか。

この困難な問いに対し、わたしは答えを持たない。クロニクルという形式をとることで、わたしは、この場合にしか機能しないかもしれない、ある決められた時制に身を委ねることにした。それは、現在形だ。現在わたしたちを襲っている感情は、自分たちがカタストロフの「最中《さなか》」にあるというもので、そこには過去に投げかけられた視点や、ありうる未来に投影された不安が混ざってくるにしても、やはり現在形でしかありえないのだ。カタストロフについて語ろうとする作家は、どんな時制を選ぶべきなのだろうか。そもそも書くことの問題以前に、今この時、どんな時制をわたしたちは生きているのだろうか。

カタストロフに関するあらゆる言説は、時間の問題とつながっている。時間に関する問いに取り憑かれていると言ってもいい。そのことに気がついてから、カタストロフに関して書かれた書籍であればどんな分野であれ、常につきまとうそのつながりが見えてくるようになった。

『リベラシオン』紙に掲載されたクリスティーヌ・モンタルベッティのエッセイが心を打つ。彼女は希望について語る勇気を持っている。春の訪れについて語る勇気を。彼女が京都に着いたのは震災六日前、春の気配を感じられる陽気だった。彼女はこうも言う。
「わたしが出会った日本人は、優しく微笑み、この滞在を冷静に楽しむようにというのだった。わたしはそれが、フランスでよく言われるように、宿命論から来るものだとは思わない（わたしは、震災よ来たれと言った日本人に一人も会ったことはない）」

この日、同紙にわたしのエッセイも掲載されていたのだが、わたしはまさにその反対のことを書いたのだった。来るべきものが来てしまった、自分の番がいつかは来るだろうと思っていた、と。外国人を相手にした時、わたしたちは彼らを困惑させ気まずい思いをさせたくないと考えてしまう。そもそも、クリスティーヌがいみじくも指摘したように、「来るべきものが来た」とか、「自分の番が来た」とたとえ考える人がいたとしても、それは宿命論からではない。

震災の多い国というのは、ハンディキャップを負った人や、不治の病にかかった人のようなものだ。病気やハンディとともに生きていくしかないのだ。危機的な状況がすぎた後、笑ったり、気晴らしをする権利くらいはあるだろう。だからと言って、また新たな危機が来ないとは誰にも言えない。そしてカタストロフが起こった時には、やはり苦しむのだ。

被災地から遠い地域は、公団の中で空いている住居を提供している。地域の学校にも席を用意できるという。

被災地から近い地域の避難所は収容能力を超えてしまった。千あまりの避難所に二十万人もの被災者が集まっているのだ。病院から運ばれた病人は亡くなっている。この状況が続けば、寒さと感染症で新たな被害者が出るだろう。

弟と話す。弟と義理の妹は無事に上海に着くことができた。友人がフライトチケットを譲ってくれたのだという。妹の母親はギリギリのところで助かったがまだ入院している。

弟は父の態度を非難する。他人の不幸、従業員の健康を無視し、利益しか考えない企業のトップに特有の態度を取っているというのだ。弟に言わせれば、従業員にはむりやりでも有給休暇を取らせるべきなのだ。幼い子供を持つ社員はなおさらのこと。義務でもなければ、多くの従業員は休もうとはしないだろうからだ。もちろん理想的には、管理職が非常事態とみなし欠勤を許可するべきなのだが、日本の組織がどんな風に機能しているかを考えると現実的には到底ありえないだろう。だったら少なくとも、関東から離れたい人の有給休暇を認めるべきなのだ。有給休暇だって普段は一ヶ月前から調整をしなければ不可能なのだから。

弟は紙の商社に勤めている。彼は自分の上司に、一週間会社は仕事を中断すべきだと進言した。どちらにしても、海外の企業は放射能に汚染されている危険性がある商品を買いたがらないだろうから。商品の安全が確かめられるまで待とうと、海外の企業は思っているのだ。もちろん、上司はこの提案をはねつけた。

弟によると、日本人の見せかけだけの沈着さは、彼らが現状に目をつぶっていることの反映でしかないという。

「みんな、今起こっていることが何なのか全く認識できてないんだ」

わたしは、弟との会話を思い出す。一九九五年のこと、何月だったかははっきりとはしていないが。日本にとっては厳しい年だった。一月十七日に阪神・淡路大震災が起こった。三月二十日にはオウム真理教によるサリン散布事件があり、死者十三人、負傷者六三〇〇人の被害を出した。

その頃、弟は生活の基盤の一部をすでに中国においていた。わたしは東京大学博士課程の一年目で、フランス留学を準備していた。わたしも弟も日本政府を全く信用しておらず、かといって他の国ならましだというわけでもなかったが、日本に何かあった時に家族が集まれるように、それぞれフランスと中国に生活の足場を築かなければならないと思っていた。

当時、ほとんどの日本人にとって、そんな考えは愚の骨頂だった。中国はまだ、現在のような繁栄を享受していなかったし、日本人は「世界で最も安全な」国に住んでいると思っていたのだ。治安の面ではそうだったかもしれないし、今でもそうかもしれない。わたしと弟が抱いていた考えというのは、不安定な国の国民が抱く人生設計に似ていた。リスク回避をすること。家族のメンバーを世界中に散らばせること。財産はドル建て、ユーロ建て、そして現地通貨建ての三つに分けること。多くの国の国民が持っている、生き残りのためのこういった考え方は日本人には馴染みのないものだった。

今、わたしは、家族に、フランスに来たらどうかと提案している。

そんな事態はわたしだって望んでいなかった。


弟とこの話題について話していた頃、わたしたち自身も真剣に事態を捉えていたわけではなかった。わたしたちは悲観主義者でも何かにつけ警鐘を鳴らすタイプでもなかった。外国に住もうと考えていたのはどちらかというと、「ちっこい移民」になるという考えが気に入ってたからだ。もちろん、移民というステイタスに快適なところは何もない。外国に住む日本人は自分たちが移民だとは思ってないし、移民だとは決して自称しない。金持ちであればなおさらだ。「自分たちは哀れな移民とは違う」というわけだ。外国に住むのは一時のことだと思っているし、いずれは日本に帰ると思っているからだ。でも、より良い生活を求めて生活の拠点を移すという意味では、彼らだって移民であることに違いはない。

わたしは日本を離れ、移民になりたかった。疎外されるとはどういうことなのか、根無し草《デラシネ》になるということは実際に何を意味するのかを知るために。また、日本にいる外国人がそうであるように、故国のくびきから外れてみたかった。それは体験してみなければ理解できないことだからだ。

フランスのラジオ局が日本で日本人に対して行ったインタビュー番組で、そのあとのフランス語訳が元の日本語とは反対の意味で訳されているケースが多々あると教えてくれた知り合いがいる。自分では聞いていないから本当のことはわからない。日本にいるフランス人の多くが自分を英雄気取りで語るのを耳にしたことはあった。漫画とバンドデシネの専門家である友人、鵜野孝紀はそうしたジャーナリストの一人を指し皮肉まじりにこう言った。

「彼はジャーナリスト稼業を廃業した方がいいよ。バンドデシネのSFシナリオライターにでもなった方が素質を活かせると思うね！」

どんな自然災害も人的災害と無関係ではありえない。人災が自然災害をさらに悪化させることもある。今回は自然災害が人的災害、つまり原発事故に次第に姿を変えていくのに立ち会っている。

自然災害で死ぬのと、人災で亡くなるのとどちらがより残酷なことだろうか。津波に呑まれるのと、放射能被害で死ぬのとは。わたし個人は、自然災害で死ぬ方がずっといい。もちろん、原因が何であれ、死はおしなべて耐え難いことであるけれど、自然災害は、通り過ぎたものをなぎ倒していくにせよ、何の感情に彩られてもいない。人災の場合、人の愚かさ、人の無知、差別が人を殺すのだ。わたしはそのような死は要らない。それはいつであれ、避けることのできた死なのだから。

福島を逃げた被災者はすでに差別の対象になっているという。隣接県では、福島から来た人はまるでペスト患者のような扱いを受けていると。

品川の東京入管、そして茨城は牛久の東日本入国管理センターでは、収容されていた人たちの部屋に鍵がかけられていたという。非常事態においてはありえない対応だ。内部規則によるものだという。どちらにしても、法律で定められているわけではない。法は、安全な場所に収容者を避難させてもよいとしている。刑務所の中には、囚人に地震の情報を与えていなかったところもあるという。収監されていた人たちは、揺れと恐怖を感じつつも、説明は与えられなかったのだ。職員は防護ヘルメットをかぶっていたが、収容されていた人には用意がなかった。

入国管理センターの被収容者たちは犯罪者ではなく、ただ、滞在許可証を持っていない人なのだ。特に牛久では、自国で迫害を受けたり、難民申請中だったり、子供のいる人たちだったり、日本に着いた時にはまだ未成年だったりするのに。

大江健三郎のインタビューが本日付の『ル・モンド』紙に掲載される。彼は、「原子力発電所の事故という、人間の命を軽視する出来事を性懲りもなく引き起こしたのは、広島の被爆者たちの記憶に対する最悪の裏切り」だという点を強調していた。その通りだ。そう発言するのは正しい。でも。

わたしは、福島という地名が広島のそばに並べられなければいいのに、と思っていた。すでに遅すぎる、わたしたちはこの二つを重ね合わせ始めている。大江健三郎が言うように、ある意味それは広島や長崎の人たちが体験したことを再び思い出し理解する助けになるかもしれない。でも、そのことにより、深く思考を進めることなく福島の人たちにスティグマが課されてしまう危険もある。そのようなイメージの重ね合わせは避けられないともちろんわたしたちは知っている。わたしはただ、こう言うのは理性的ではないと承知の上で、この二つの地名が重ね合わせられるのをできるだけ遅らせたいと願っていたのだ。

パキスタンの人たちが被災者にカレーの炊き出しをしている。その中には日本語を上手に話す人たちもいる。多分長くここに住んでいるのだろう。わたしは、ペシャワールに旅行した時に食べた料理の数々を思い出す。被災者の人たちに振る舞われたそのカレーは美味しかったに違いない。

朝日重章の『鸚鵡《おうむ》籠中記』中、一七〇三年十一月十八日から二十二日までの出来事が記された資料がウェブサイトにアップされている。十一月十九日、「昨日、四谷辺火玉空よりおち候よし」二十二日、「丑半刻、遠くひゞきの音聞ゆ。後に聞之は、光物飛と」。翌日一七〇三年十一月二十三日、関東地方を巨大な地震が襲った。のちに元禄地震と呼ばれることになる。被災者三万七千人。倒壊家屋八千戸。

一七〇七年十月三日、宝永地震前日の描写にはこうある。

「夜。雲間甚光る。電の如くにして勢弱し」

翌日、大きな揺れに続いて巨大な津波が来た。

三月十八日

戦時中を思わせる言説が現れるようになる。

福島での状況が落ち着いてくるにつれ、緊張が解けてきたのを感じる。わたしは今日一日中睡魔に襲われ、昼寝までしてしまった。昨日七時間も寝ていたのに、なんだか変だ。でも実際は、おかしくもなんともない。この一週間ろくに寝ていなかったのだから。午前二時までテレビに釘付けになり、起きるのは朝五時。不安に駆られて目を覚まし、何か新しいニュースが入っているのではとコンピュータを起動させる。

昔の同僚、順子さんに偶然会う。彼女の家族は石巻に住んでいる。どうしているだろうと心配はしていたが、とても親しい関係でもないのに彼女に電話をするのははばかられた。彼女は何もなかったかのように振る舞っていたが、実際のところは、彼女の実家には被害が出ていて、ご両親はまだ学校の体育館の避難所にいたのだ。彼女は言う。

「うちの父は、チリ大地震の後の津波をすでに経験しているから、津波の被害がどのようなものか、誰よりもよくわかっているはずなの」

新聞の一面は日本のニュースからリビアに移る。状況の重要性の優劣が移行する兆候だ。フランス人の間には、安堵したというより、どこかがっかりしたような反応がある。原発関係の専門家は特にそういう印象を与える。自分の身近に起こらない限りは、常にドラマを求めたがる人がいるものだ。専門家は、この「実験」が極限まで行かなかったことを残念がってさえいるようだった。

こんな風に言うのは、彼らに対して厳しすぎるかもしれない。悲劇を欲する傾向はもちろん日本人にもあり、それはこの上なく残酷な欲求だと思う。日本のテレビも、獲物に襲いかかる猛獣さながら、被災者に対するインタビューで貪欲な態度を見せることがあるのだ。今日わたしはパリにいないのでテレビを見られないのだが、それは幸いなことだった。自宅にいるとついコンピュータにかじりついてしまうから。日本人の中には、この災害が新たな再生のチャンスになるという人もいる。そのためには、どれだけの死者を出し、どれだけの街が崩壊し、街や人の記憶を失わなければならないのか。

わたしは他の人たちより自分の方が理性的だとも賢いとも思わない。でも少なくとも、そういった他人の災厄に飢えてはいないことは断言できる。平凡で退屈な毎日で多いに結構、不景気な高齢化社会の日常の方が、非常事態よりずっといい。センセーションを求める人たちはわたしの背筋を凍らせる。

どの国のニュースも原理的には新聞の一面を飾りうる。条件は、それが不幸なニュースであること。だからこそ、報道関係者はチュニジアとエジプトの革命に幾ばくかの戸惑いを感じるのだろう。何が何でも、うまくいかないことをどこかに見つける必要があるかのように。そうでもなければ真実味に欠けるだろうから。

詩人和合亮一は福島にある自宅のアパートからツイッターに投稿し続ける。彼は一人そこに残り、家族は避難所にいる。「詩の礫《つぶて》」と彼が名付けた、一種の散文詩の断片のようなものを、彼は定期的に配信する。二時間途切れることなく書き続ける。

「一人の祖父はシベリアで戦死した。収容所で。私はシベリアに行きたい。祖父が息を引き取った場所を探してみたい。今日も、街のガレキや浜辺で、新しい遺体が発見されています。（中略）シベリアで亡くなった祖父よ。シベリアの意志に閉じ込められて、そうして他界したのか。あるいは納得していたのですか。私は放射能の野に、閉じ込められて思うのです。あなたの思想を、私に下さい。あなたが全身で学んだ真冬の思想を、私に下さい」（日本時間三月一九日付）

数日前わたしは、カタストロフの只中で文学をなすことは不可能だと書いた。その「後」でなくては無理だ、と。でも、和合亮一は間違いなくカタストロフの「只中」を生きているに違いない。わたしには、彼が今書いているものが詩なのかどうかはわからない。もちろん、書かれているものの評価をしているのではない。その性質を問題にしているのだ。これは文学なのだろうか。彼自身は、本能的になのか、当初からこれを「詩の礫」と呼んでいる。少なくとも言えることは、これは確かに「文学的行為」ではあるだろう、ということだ。

多くの人が、まだ揺れている、という。頭が揺れているのだ、という人もいる。

東京に住む日本人の女友達は、フランス人の友人から多くの電話をもらったという。東京を離れるべきだ、と。フランスの地方から、お願い逃げてと泣いて電話をかけてきた人もいるという。友人は東京にとどまった。

福島の住民に対する差別は激しくなるばかりだ。救助車も近くには立ち寄ろうとせず、必要物資が足りなくなっている。近隣県の中には、福島や宮城ナンバーの車が駐車するのを拒否するところもあるという。

関東では、停電になるところも多いが、東京都心はその限りではない。そのような計画停電の決定は理解できなくもないが、福島の原発からの電気を享受していたのは都心も郊外も同じなのに、郊外ばかりが停電の影響を蒙るのはおかしいという批判は至極当然だと思う。

三月十九日
フランス国立東洋言語文化語大学の教授であるアンヌ・バヤール＝坂井さんは、今年は大学での日本語科の入学者が減るのではと予測する。
今日わたしと一緒に学会通訳を務めた若い研究者のジュリアン・フォリーは、パリ郊外の高校で教鞭を執ってもいる。彼は、自分の生徒たちが、日本人は自然災害に慣れているからへっちゃらなのだろうと思い込んでいるのに腹を立てている。ジュリアンは生徒に、じゃああなた方は、自動車事故は起きるものだと知っているから、事故にあっても平気な顔をしていられるのですか、と尋ねたという。

平安文学の専門家である寺田澄江さんはわたしに鴨長明の話をしてくれる。鴨長明は、菊合（左右に分かれて菊の花を出し合い、それに歌を添えて優劣を競う遊び）の時、自分が詠んだ、

堰きかぬる涙の川の瀬を早みくづれにけりな人目づつみは
〔せき止められない涙の川が、瀬となって流れる。その流れが速いので、堤は崩れてしまった（人目をつつみ隠すことができなくなってしまった）〕

という歌を歌人の勝命入道に見せたところ、天皇や皇后が御隠れになることを「崩ず」と言い、クズル、と読めるので、その言葉が不幸を呼ぶとして、使わない方がいいと言う。その忠告に従い、歌人は別の歌を出す。それから間もなくして、菊合を主催した女院が崩御した。歌人は安堵して、これを出したら「智（前兆）」だったという噂が立ってしまっただろう、と言った。

日本について発言する人たちが誤っているかどうかが問題なのではない。語られることの中に

は少なからず真実もある。わたしたち日本人が、遅かれ早かれカタストロフが自分の身に降りかかると思っているのは本当のことだ。それに、『リベラシオン』紙の編集者が、「何が起きるかわからないから」と、万が一、と言った時点では、確かに、この後事態がどう展開するのかは誰にもわからなかった。もしかしたら、爆発が起こったかもしれないし、最悪の事態がわたしたちを待ち受けていたかもしれない。

それは今現在だって十分にあり得ることだ。それに、海外のメディアが、日本人の沈着、従順、諦念を称える時だって、その印象は決して間違っているとは言えない。でもそういった言説を耳にした後、心に、小石のように引っかかるものがある。そこに、こういった主題の困難さ、デリケートな部分があるのだ。言われていることが正論であれば気にならないのではない。耳に痛いことをありのまま指摘されるのには抵抗がある。そこで語られていることがすべて真実で、しかも悪意がないのならなおさらだ。

「前夜」について書きたいという欲求は続いている。そのアイディアは時代遅れだし、文学関係の友人もその点で同意している。『ミセス・ダロウェイ』的なプロジェクトにわたしが取り組もうとしているのを見て、彼女は驚いているのだ。仕方がない。『ミセス・ダロウェイ』はお気に入りの作品なのだから。

わたしはこの欲求を抑えることができなかった。ひとつには、「前夜」は、カタストロフを生きた者だけがそれが何を意味するかを知っているからだ。それが、身内が自動車事故で亡くなるというような個人的な悲劇であっても、共同で体験するカタストロフであっても。そこには、カタストロフ後の物語化を逃れる、親密で慎しみ深い何かがある。

もうひとつには、「前夜」で時を止めたかったということもある。カタストロフが起こるとは知らず、他の日と全く同じように前夜を生きた、あらゆる人たちについてわたしは書きたかった。あの前夜、エルメスのスカーフについて友人と話していた自分自身のように。

もしもわたしが前夜について書くことができたなら、そして、物語の結末を変えることができるのなら……? もちろん、そんな考えは馬鹿げていると知っている。それでもわたしは、書きたいという気持ちを抑えることはできない。


父は、計画停電中は、帰宅する際自分の足元も見えないという。駅を出ると全くの暗闇で、電気が付いていないのは住宅だけではない。ただひとつの街灯も点いていないので、各人が、懐中電灯を持って自分の前を照らしながら歩く必要があるのだ。


佐々木中は、戦時中には紙の本の方が電子書籍よりも汎用性が高いという。紙の本は、塹壕の中でも読むことができる。電気がなくても読むことは可能だ。その箇所を読んだ時点では、わたしは彼の意見に賛成だった。美しい考え方だと思ったし、わたしがアフガニスタンにいた時にも実際そうだった。どこでも自家発電機ぐらいしかなかったので、旅行中電気機器の充電は難しく、読むなら紙の本でなければならなかった。紙の本は、持ち運びができ、こっそり人に渡すことも、緊急の際には、それを紙の代わりにしてメモを取ることも可能だ。

でも、計画停電の際には、その論は説得力を持たない。停電が街全体に広がった時には、電灯の明かりを頼りに本を読むことさえもできないからだ。蠟燭の明かりで読めないこともないが、難しいといえば難しい。

反対に、コンピュータであれば、計画停電の時間帯だけバッテリーを保つことは可能だ。完全な暗闇でも問題なく読むことができる。佐藤亜紀は、自分のブログで、コンピュータのスクリーンの明るさには人を安心させるところがあると書いていた。電子時代のジョルジュ・ド・ラ・トゥール。


日本にいる友人たちと会話する時、何について話したらいいか気を遣ってしまう。皆、「あれ」のことしか頭になく、でもそのことについては話したくない。許容量を超えているのだ。わたしが、ある友人に、入国管理センターで被収容者のドアに鍵がかけられていたことについて話をした時、わたしは、彼の苛立ちを感じた。彼はこう答えた、それは重要な問題じゃないだろう、そういう些末な件が気になるのは活動家くらいだ。わたしは口をつぐんだ。もちろん、誰もが今は自分の周りのことで精一杯で、わたしがあれやこれやに憤っているなどとわざわざ外国から連絡して邪魔をする場合ではないのだ。まだ今は早すぎる。

でも、そういった「些末な件」は消えはしないだろう。遅かれ早かれ、それはまた表面に現れてくるだろう。まさにそういった事柄が、ゆっくりと、ファシズムへの空気を用意するのだ。こういった表現はもしかしたら極端かもしれないが、普段はあれだけ現政権に批判的な父でさえも、救助隊への公的な賛美の言葉、そういったポピュリズムに従っているように見える。もちろん救助隊は称賛されてしかるべきだが、それはまた別の問題だ。

わたしは東海村の事故のことを思い出す。一九九九年に東海村の原発で起こった臨界事故だ。それは核燃料加工施設内で起こった。安全なレベルをはるかに超えた量のウラン化合物をずさんに扱ったためだ。人災が次々に不幸な反応を引き起こし、作業員二人が死亡し、三人目が負傷した。大内久氏と篠原理人《まさと》氏、死亡した二人の作業員は、それぞれ、八十三日、そして二百十一日の間入院していた。それほど長い間彼らを生かしておくべきではなかったという人もいる。医者たちが、データを集めるためにモルモットのような実験材料として使ったのだと。

わたしは、彼らの、ダメージを被った身体の写真を見る。彼らはすでに人間の体をしていない。見るべきではなかった写真。

三月二十日

書籍見本市でアフガニスタン出身の作家アティーク・ラヒーミーに会う。わたしは、震災後ずっと彼のことを考えていたと彼に告げる。実際、彼に再会して、わたしたちは同様の状況下にいるのだと腑に落ちた。政治的な状況が同じなのではなく、国が不幸な状態にあり、それについて外国人があらゆるコメントをし放題だという状況下に置かれた国民とはどういうことかを初めて経験しているのだ。

アティークもわたしも、自分の声を届ける職業に就いているという意味では恵まれている。それでも、あくまでも善意を装った意見が実際には持つ暴力に呆然とし、言いたいことがあるのに、黙り込む以外何もできなくなることもある。もちろん、経験者だけが発言する権利があると思っているわけではないし、アティークもわたしも、外国にいて、それぞれ自国のカタストロフから遠く安全な場所にいるのだから、そういった意見をする人たちよりも発言する権利がある、というわけでは全くない。

わたしは、大量の、時に容赦ない言説の対象になるとはどういうことかについて改めて意識する。特に、西欧人や、わたしのように先進国から来た者にとっては、そのような状態に置かれるのは例外的だということについても。わたしたちは世界中の時事問題について議論する。ジャスミン革命について話す。各人がそのテーマについて意見を持っている。何についても意見を表明するのを推奨される。自国の問題についても議論することは可能だ。わたしたちは言説の主体となる。それ以外の国、他者の言説はこんな風にはわたしたちの元にまでは届かない。わたしたちは、他者がわたしたちについて語ることに傷つけられることはない。わたしはなんてナイーヴだったのだろう。

わたしは友人のジュスティーヌにこの話をする。彼女は、一九九〇年代後半、イランでわたしたちが同じような感情を抱いたことがあると思い出させてくれる。「覚えてるでしょう、イラン人に会うたびに、男女を問わず、彼らは自国に対してわたしたちが抱いているイメージを気にしていた。「イランをどのようにお感じになりましたか？　欧米でよく言われているように、みんなテロリストだって思ったりしませんでしたか？」って。それから、「わたしたちの国で何が起こっているか知るためフランスからわざわざお越しになったなんて素晴らしいですね！」」って。

彼らは海外でどう見られているかを気にし、そして、イランに対して警戒的で敵意さえ持つことがある「海外の世論」に対して、自分たちの声を届けられないフラストレーションを抱いていた。その気詰まりな感じはわたしたちにも明らかに感じ取れた。

同時に、わたしは、西欧人であるジュスティーヌと分かれて一人でテヘランの街を散歩している時、人がわたしを見る視線がどのように変化したかについても思い出していた。それは侮蔑の目つきだった。おそらく、タジキスタン人か、アフガニスタンのハザラだと思われたのだろう。わたしは、その視線の圧力にショックを受けた。そのような軽蔑の対象となることにショックを受け、そして、はっきりと、人よりはモノとしての視線を受けたことにショックを受けた。そしてまた、その時までは、マイノリティーであるとはどういうことかについて自分自身が想像できていなかったことにもショックを受けたのだった。

わたし自身はアジア人ではあったが、一九七〇年代生まれで、すでに日本が先進国の仲間入りをしてからの時代しか知らなかった。最初から、発言の主体になれると思い込んでいる世代として生まれたのだ。確かに、一九七〇年代には、海外が日本をどのように見ているかについて日本人の誰もが気にかけていたし、日本人論がしきりに書かれた時代でもあった。自分たちが誰なのか、自分たちがどのように見られているかについて、皆が過敏になっていたのだ。でも、八〇年代後半、わたし自身が海外に旅行し始めた時には、日本人も、自分自身も、すっかり、発言の主体、視線の主体としての地位を確保していた。

マイノリティーであるということは、発言の客体となることだ。皆があなたに向けるあらゆる発言の客体に。皆があなたに向けていいと思い込む眼差しの対象となることだ。

海外のメディアのありとあらゆるコメントの雪崩のせいで、日本の地位も、主体から客体へと再び変わったのだろうか。

低賃金労働者は限界状態にある。スーパーマーケットの倉庫で夜勤をしている友人は、もうこれ以上は無理だと言った。電車の本数が少ないので、彼はいつもよりも早く家を出なければならないし、サービス残業もしなければならなかった。そして、電車が止まっている時には、徒歩で勤務地まで向かわなければならないのだ。彼は、低賃金労働者もまたカタストロフの犠牲者だというけれど、もちろんのこと、世論はそのことには何も触れはしない。

この状況を利用する企業も出てくることだろう。契約社員を解雇したり、勤労条件を都合のいいように変えたりなど。彼らは、沈黙した被災者なのだ。

忘却はいつ機能し始めるのだろうか。プノンペンやベイルートについて、わたしたちは痛ましい過去のイメージを保持し続けている。ニューヨークは、9・11というカタストロフのイメージを厄介払いすることに成功した。国際的に有名な大都市の場合、その都市に関するニュースが常に流されているので、カタストロフのイメージは次第に他のイメージに覆われ、その街の新しいニュースがイメージを作り上げていく。自分たちは住んでいないけれど、ある意味ではその街に住む住民の生活を分かち合っているかのように。

文化的に自分たちとは離れている都市や、あまり話題に上らない場所の場合にはそうはいかない。その場合、土地の名は、わたしたちが唯一知っている出来事に結びつけられがちで、その次に国際的な規模の新しい出来事が起こるまでは、そのままのイメージを保ち続けるのだ。

これまで海外には知られていなかった地名、福島は、長い間、カタストロフのスティグマを背負い続けるだろう。原発のカタストロフの同義語そのものとなることも考えられる。固有名が背負う重荷。

通常、あるイメージを他のイメージと比較するのは、普段見慣れていないイメージを理解する手がかりにするためだ。または、旅行中に見た風景が、忘れていた別の思い出を喚起するとか。

災害のイメージを重ねることには、どんな意味があるのだろうか。お年寄りの世代は、戦争の光景を思い出すという。二〇〇三年、カブール滞在の際、わたしも、街中で、空き地と視界の広がる光景に一九四五年三月の東京大空襲後の光景をつい想起してしまったことが何度もあった。わたし自身はもちろん体験していないというのに。東京の戦時中を思い浮かべたことに、わたしは幾ばくか気まずい思いを感じ、その比較を正当化しようとしたが、言い訳は見つからなかった。

その後わたしは日本の雑誌にアフガニスタンの旅行記を連載したのだが、その際には、そのような印象を抱いたのは、東京が焼け落ちた後、水平線が広がって見えたという証言が多かったせいではないか、と推測した。そういった証言が写真資料と混じって、ある印象を構築したのだろう。そこには一種の真実があるかもしれないが、それをうまく説明することはできない。

本当のことを言うと、同じようなイメージを重ねようとする心の動きがどこから来るのか、わたしには相変わらずわからない。今のところ、わたしはただ記録する。

この、イメージの重ね合わせという行為は、生まれて初めて見た光景についても当てはまるのだろうか。例えば、原発事故のイメージのように。福島と広島の比較は、名前を重ねること、出来事の性質を重ねることであって、イメージそのものを重ねることではない。この二つのイメージは比較にならない。

三月二十一日

四月末に日本に行くはずだったフランス人作家が旅行をキャンセルする。彼女は政治的理由を挙げるが、それが本当は放射能への恐怖から来ていたとしても理解できる。彼女は言う。誰にも確約はできないでしょう、チェルノブイリのケースもあることだし。もちろんそれもよくわかる。疑念に駆られているフランス人に、東京は今訪れても危険のない街だと説明したら、日本政府側についた発言だと取られてしまうだろう。そして公的な解釈を後押ししている、と自分の意図とは関わりなしにそう思われてしまうに違いない。でも、政府がわたしたちにすべてを隠していると考えることは、逆説的だが、政府がすべての秘密を保持していると認めることだ。

実際のところはそれほど単純ではないだろう。チェルノブイリの頃にはインターネットはなかった。今日、誰もが、海外や反体制派が提供する資料にアクセスすることができる。だからと言って、公的施設が真実を開示する必要がないわけでは全くないが、最終的には、誰もが、情報を選び、仕分けし、比較して、そこから、わたしたちに隠されていることが何なのかを推測したり、信じるに足りることを導き出したりできる。リスクのある地域に行くかどうかを決める時——リスクの原因が紛争であっても放射能であってもいいが——ただ単にすべてを疑うのではなく、しっかりとした批評のプロセスを踏むべきだと思う。

その思考は、わたし自身も持つべきものだ。わたし自身、「安全が確保されていない」国に行くかどうかを決めなければならない時、その罠にはまらないとは全く確証できないからだ。

なぜかはわからないけど、突然わたしは、起震車のことを思い出す。子供の頃、それに乗るのが好きだったことを。居間のような室内が再現されたトラックの一種で、様々な震度の揺れを再現することができた。地震の訓練の時、その車が学校に来ていた。震度一だと、揺れはほぼ感じないが、五になると、子供はほとんど立っていられなくなる。

よろめいて、最後には床に手をついてしまったのを覚えているけれど、あれは震度七ぐらいだったのだろうか。

今回の地震は震度九だった。

和合亮一は余震について語り、「何億もの馬が怒りながら、地の下を駆け抜けていく」と書く。阪神・淡路大震災の被災者たちの中には、飛行機が墜落したのかと勘違いしたとか、宇宙船が落ちてきたのかと思った人もいた。突然明るくなった空のせいか、北朝鮮から爆弾が落とされたのだとか、列車の脱線とか、火山噴火とか思った人もいたらしい。リアルな出来事の感覚は自分たちが地震に対して持っているイメージとは全く違うので、どれだけ精神的な準備ができていたとしても、何が起こっているかを咄嗟《とっさ》には判断できないのだ。

インドネシア・スンダ海峡津波の時、大方のフランス人は初めて「ツナミ」という言葉を聞いた。今回、「ツナミ」という言葉は、その単語が生まれた国、日本から発信されていた。まるで、この言葉は元々は日本語ですよ、と、津波自体が言わんとしたかのように。

三月二十二日

『ル・モンド』紙の論説では、日本は「福祉国家」ではなく、日本人自体が「福祉民族」として機能していると語られる。同時に、「日本人は、自分たちが国家に頼れるという幻想を決して抱いたことはなかった」とも。カタストロフを前にした時、日本人がとる態度を説明しようとしている記事の中では、日本人にとっても納得のいく内容。

もう一度言うが、悲しみを表に出さないからといって悲しくないのではない。イギリスに住む日本人女性が、現地の児童相談所に親権を奪われたケースを思い出す。西欧の心理学者たちがこの女性の態度を分析し、彼女は子供に対する愛情に欠けているという結論を出したというのだ。あり得る話だ。わたしは父親をハグしたことはない。日本に一時帰国して、フランスに戻る時には、別れ際に握手するだけだ。もちろん母親とはスキンシップがある、女同士だから。または母親は父親よりも若い世代だからか。どちらにしても、愛情があっても、それをいつも態度に出すわけではない。

昔の東京の、暖色の灯りを思い出す。東京という街は、今よりももっとほの暗い街だった。でも、わたしは、その弱々しい電灯に照らされた街並みがとても好きだった。

東北は日本酒で有名だ。津波の被害にあった酒蔵のニュースが入ってくる。小さい酒蔵にとって、再建は難しいだろう。杜氏《とうじ》の人たちが無事かどうかわからないだけになおさらだ。いったい何軒の酒蔵が被害にあったのだろうか。酒蔵にまつわる文化、そして歴史もまた、津波の被害を受けたのだ。

三月二十三日

被害者の総数を知ることはまだ不可能だ。家族全員が津波にさらわれた場合が多く、そうなると、誰も行方不明届を出すことができない。それらの人たちは、まだ、犠牲者の数にカウントされていない。

大阪の入国管理センターのA棟に収容されている人たちが被災者への寄付金を集めた。品川でも、F棟では二万五百四十円が集まった。彼らもまた、皆と同じように地震を経験し、しかも非人間的な対応を受けたというのに、被災者を思う心があるのだ。寄付金は赤十字に送られた。

被災地から遠い地域でも、テレビを長時間視聴している人の中には、抑鬱状態に陥る人が出てきたという。今回多くの人が、強迫観念に駆られるようにテレビを見続け、自家中毒状態になった。子供を長い間テレビの前においておかないようにとの忠告が出る。カタストロフの重大さを微に入り細を穿《うが》ち伝えることのないように、と。そこから何か学ぶというよりも、むしろそれがトラウマになってしまうというのだ。わたしは、原爆教育のことを思い出す。

広島は、幼い時には、怖いものだった。見たくない、知りたくないものだった。特に父親が、わたしたち子供が小さい時から原爆教育に熱心で、積極的に様々な資料を見せに連れて行っていたからなおさらのことだった。

今思い出すと、怖かったのは物語ではなかった。今でも、松谷みよ子の『二人のイーダ』の文章はよく覚えている。二人の女性、一人は被爆者で、もう一人は原爆で亡くなった少女の思い出を抱えている女性の、それぞれに異なる、この出来事との関わりが描かれていた。作品の中では、広島の街が、印象深い筆致で書き表されていた。

物語や被爆者による表現は怖くなかった。それよりも、写真や、特に原爆の光景を描いた絵画にわたしは怯えたのだ。

もしかしたら、父は、わたしがもう少し大きくなるまでそれらのイメージを見せるのを待つべきだったのかもしれない。わたしは、『はだしのゲン』を読んだのが何歳だったのか覚えていない、おそらく七歳か八歳だったと思う。そして、それらの、あまりにも強烈なイメージに震え上がっていたせいで、広島は長い間わたしにとって戦慄すべきカタストロフであり続け、それがために皮肉にも、それについて考えること、問題にすることさえ避けるようになってしまったのだった。

被災者の子供たちは、避難所でしょっちゅう「地震」ごっこや「津波」ごっこをするという。何人かで集まって、誰かが言う。「津波が来たぞ」「地震だ！」そうすると、「あー！ ぼくはもう死んじゃった」と言って倒れる子がいたり、「逃げろ！」という子がいたりする。大人にとって、自分たちが経験した出来事を子供が再現するのを見るのは気持ちのいいことではないだろう。でも、それは彼らが自然と行っている自己治癒の過程なのだから、叱ってはいけないのだという。

この遊びをしている子供たちは、すでに、自分たちの経験を言語化できる状態にある。むしろ好ましい兆候なのだ。以前よりもよく泣くようになった子供とか、神経質な子供、寝付けない子供は、癒しの過程にある。むしろ言語化できず、おとなしくしている子供に気をつけてあげないといけない。

松島湾には二百六十以上の島が点在し、何世紀も前からその光景の美しさで知られている。多くの短歌のテーマにもなっている。芭蕉もこの光景に心打たれ、すぐに句を詠んだとされている。松島は重大な被害を受けなかった。湾の近くに住む住民たちは、島に守られたのだという。湾を巡らす小島が、津波の威力を弱め、芭蕉の愛した光景を守ったのだ。

ある研究所が、ビールと放射能汚染の関係について何年か前にレポートを発表した。アルコールは、程度によるが、放射能汚染を防ぐことができ、特にビールは効果的だという。真実のほどは定かではないが、面白かったのは、ツイッターでの反応だった。

「ビールは放射能に勝つ！　ビールを飲みましょう！」

コメントは皆肯定的なものだった。冗談を言い合う。「ちょうど今飲もうと思っていたところだったよ」「そういうことなら今晩さっそく飲まなきゃ」とか、「健康のためにビールを確保しよう！」とか。緊張をほぐすために必要な言い訳で、そのような冗談は誰を傷つけるわけでもないので、皆安心していた。誰もが、そういう冗談を必要としているのが感じられた。

北野武は言う。

「テレビや新聞でも、見出しになるのは死者と行方不明者の数ばっかりだ。だけど、この震災を『二万人が死んだ一つの事件』と考えると、被害者のことをまったく理解できないんだよ。（中略）そうじゃなくて、そこには『一人が死んだ事件が二万件あった』ってことなんだよ。本来『悲しみ』っていうのはすごく個人的なものだからね。被災地のインタビューを見たって、みんな最初に口をついて出てくるのは「妻が」「子供が」だろ。（中略）そう考えれば、震災被害の本当の「重み」がわかると思う。二万通りの死に、それぞれ身を引き裂かれる思いを感じている人たちがいて、その悲しみに今も耐えてるんだから」

わたしのメールアドレス帳には六百人の名前が入っている。言い方を変えれば、六百人の人たちが、程度は違うが、わたしを知っていると言える。わたしとメールでしかやり取りをしたことがない人も含めてだ。そんな風にして、誰もが人生のある時点で約六百人の人を知っていると考えれば、二万人という人数は、実際には一千二百万人の人が、この出来事に直接関わっていることを意味する。二万人の死者を直接知っている人たち。

一千二百万人といえば、日本の人口の約十分の一だ。もちろんこのような計算は単純に過ぎるかもしれないが、一人の人間の死は他の生者と切り離しては考えられないからには、この数字は、この災害がもたらした事態の深刻さを想像する助けになる。

わたしの周りを見ても、それは明らかだった。誰もが、直接的間接的にこの震災の被害を受けた人を少なくとも一人は知っていた。そのこと自体が、被害の広がりについて何かを語っている。

三月二十四日

今日、ニュージーランドの震災での日本人の被害者が見つかった。先の二月二十二日のカンタベリー地震での日本人の死者はこれで二十四人になる。行方不明者はまだ四人残っている。

紙のストック切れの影響はさらに広がるだろうとのこと。特に、女性誌などで使われているコート紙が足りなくなると予想されている。例えば『エル・ジャポン』誌などが、普通紙に印刷されるのは想像しにくい。

雑誌の中には、ウェブ上で最新号を出し始めたところもある。出版界のデジタル化がこれを機に一層進むだろうと予測する者もいる。


津波の画像は美しくない。それ自体は純粋に、自然の力の一種特別な発露であるはずなのに。おそらく、その波の中に閉じ込められた人がいると知っているからだろう。火山の爆発、大波、それらの自然の動きは、それ自体としては美しいイメージを作り上げる。その手の写真を見て美しいと感じることもある。波の中に、家や人の体を見てしまうから、津波の写真は恐ろしいものになるのだ。

友人の家でアル・ジャジーラ局の放送を視聴する。そこで放送されている映像は耐え難い。もちろん、事件の被害者の立場に立ち、血が流されている映像をこれでもかと放映する戦略は頭では理解できる。このテレビ局がそのような映像を映し出すに至った立場表明もよくわかる。しかしそれでも、凄惨な光景を見よう、見せようというこの欲望はわたしを震え上がらせる。ポルノグラフィックな欲望をこの局は満足させているのだ。何かを見たいという、人の欲望の怪物じみた部分をわたしは恐れる。

理解するためには何もかも見なければならないのか。その中で、言葉はどんな役割を果たすのか。

あまりにも遠くにいると、現地にいる人よりも神経過敏になってしまうのは不思議なことだ。まるで何かがすでに終わってしまったかのように。対象と適切な距離を保っておけなければ、クロニクルを綴ることは不可能だ。このところ、新しいニュースがいちいちわたしを動揺させる。ひとたびこのテキストを書き終えた後、読み返してみれば、感情的になりすぎていたり、センチメンタルになっている部分があるだろう。そう思えればいい、不安が杞憂であればいいのだが。

三月二十五日

わたしは、まるで何かに犯されたように感じる。暴行にあった人が、その場面を繰り返し思い浮かべなくてもすみ、他のことを考えられるようになるまでに途方もない時間が必要であるように、わたしは、日本が犯されたと感じている。いや、それは正確な表現ではない。第三者や敵国に襲われたわけではないのだから。この国は、自らに勝手に暴行を加え、日本に住んでいる人たちが、その国とともに犯されたのだ。

この、「犯される」という言葉は、おそらく、この震災が海外で引き起こした反応を見たことから来ている。犯された女性に対して、わたしたちは気を遣い、優しく振る舞うだろう。でも、陰でコソコソとそのことについて噂をし合い、誰も、彼女と結婚しようとはしないだろう。

福島と宮城の被災者の人たちの話し言葉のイントネーションに心和む。

カンボジアでも、東日本大震災のために義援金を集めたと聞く。エクス＝アン＝プロヴァンスに住んでいる日本人の友人、ナオが、ある日カフェの一角に座っていた時のこと。彼女の隣にいた男性が、丁寧に、君は日本人かと尋ねた。彼女はそうだと答える。ほどなくして、ナオは、その男性が知らない間に、彼女から遠いテーブルに席を移していたのに気づく。

日本から来た友人、朗子さんが先日パリの通りを夜散歩していた時、酔っ払いが彼女を指差して、「ラジオアクティヴ（放射能）！」と喚《わめ》いたのだという。その単語が、差別を表す新しい表現になりうるとは考えてもみなかった。朗子さんは苦笑いをする。

わたしは、この物語が幸福な結末を迎えることを祈りつつ書き始めた。今やわたしは、ハッピーエンドは不可能だと知っている。わたしたちは、いまだ終わりを知らないこのカタストロフの真っ只中にいながら、何かがすでに損なわれたと知っている。どこでこのクロニクルを書き終えればいいのか？　これをほとんど衝動的に書き始めた当初、頭にあったのは、阪神・淡路大震災のことだった。九〇年代の大きな記憶として残っている出来事だからだ。

でも、まだあの時には、復興を信じることができた。もし阪神・淡路大震災のクロニクルを書いていたなら、復興が始まった時点で筆を擱《お》くことができただろう。もちろん、被災者や街が本当に立ち直るまでには長い時間がかかるとわかってはいても。でも今回は、復興を見込むことはできない。だいたいにして、原発近辺にどんな復興が可能だというのだろうか。

誰もが、今回の出来事について話したがっている。わたしのように。直接この震災に関わりのない人でさえも。誰もが、テレビや写真で見たものの話をしたがっている。ネットでも、その話題で持ちきりだ。日本でも。フランスでも。それは理解できる。わたしたちは誰もが、話し、書く必要があるのだ。ひとつだけ守るべきことは、自分だけが真実を知っているかのような口ぶりで書かないこと、「日本人は総じてこうだから……」と三人称で語らないこと。たとえ日本人が自分たち自身のことを話す時であっても。

三月二十六日

パリは晴天。わたしは、ベランダのプランターを整理し、植物に肥料をやる。日本から持ってきた植物、日本在来のものがかなりある。柚子《ゆず》、山椒《さんしょ》（これは中国にもある）、マンリョウ（これのフランス語名があるのかはわからない）、金柑《きんかん》、柘榴《ざくろ》、タラの木（これも、フランスにあるのかどうかわからないけど）。

わたしは、二〇〇五年に、ラジオ局フランス・キュルチュールが製作した番組を思い出す。ミシェル・ポマレドが製作した広島に関するルポルタージュ連作で、「ヒロシマ、爆発の吐息」というタイトルだった。わたしはその中で、広島という地名の発音について語った。日本語では、

「ひろしま」の「Hi」のH音はきちんと発音されるが、フランス語的な発音だと、「イロシマ」のように聞こえる。

わたしや日本人が、H音を発音して、「ひろしま」という時、わたしたちは、この都市が六十五年間過ごしてきた時間を思い浮かべる。原爆もその中に入ってはいるが、それだけではない。日本人が「ひろしまに行く」と言う時に、わたしたちは毎回原爆のことを思い出しはしない。でも、フランス式の「イロシマ」という発音は、原爆のことを話す時にしか現れない。だから、「イロシマ」という発音は、戦争の痕跡をより濃く残している。ほとんど吐息でしかない「H」音が、戦争の後の六十五年間の時間を象徴しているのだ。

ネット上では、原発に対して賛成と反対の意見の間で、喧《かまびす》しい議論が交わされている。

わたしは今何かを日本語で書くことができていないし、書こうとも全く思わなかった。日本人に向けて言うべきことがあまりないだけではなく、検閲の空気を感じていたからだ。

宮崎駿の『風の谷のナウシカ』全巻を書店で見つけた、と言う友人。核戦争後の世界を扱っているものだ。本屋が、このような状況下でこの書籍を注文しようと思い、手に入れられたことに友人は驚いていた。この漫画が書かれた時期には、ここ数年よりずっと核の問題について考えていたのかもしれない。

震災以後、日本の戦後の歴史のことをしばしば思い起こすことになった。新たなイメージの重ね合わせ。

一九七〇年代初頭、わたしが子供の頃に知っていた日本は、公害まみれの国だった。当時は海外でもそのイメージは共有されていたはずだ。

天気が良く、暖かい日には、光化学スモッグのために外出を禁止されていた。雨に当たると毛が抜けるという替え歌を子供たちは歌っていた。地理の時間には、工業地帯の名前を暗記させられた。水俣病はまだ記憶に新しかった。

他にも、公害が原因で起こった、四日市病、カドミウムによるイタイイタイ病などの訴訟はまだ終わっていなかった。今回の原発事故の問題はそれらと切り離して考えてはならない。これは日本の、公害による訴訟の歴史に連なっているのだ。

日本が公害汚染で悪名高い国だったことを皆が忘れたのはいつのことだろう。漫画好きの若いフランス人世代は、かつての日本のイメージを知らないだろう。少なくとも、三月十一日以前には知らなかったに違いない。

わたしたちは、いつ忘れたかを忘れてしまう。川や土地を浄化する努力が各地方で行われた結果、日本のイメージも同時に浄化された。町工場の並ぶ発展途上国から、ソフィスティケートされた工業国の地位にのし上がり、ついには、「ソフトパワー」のプラットフォームとなって、ヴィデオゲームや漫画など、文化的コンテンツを輸出するようになったのだ。

一九八〇年代のバブル時代を数日前に思い出し、わけもなくあの頃はよかったなあという気持ちになった。もちろんその頃まだ十代だったわたしたちの世代は、社会人として経済発展の恩恵を受けていたわけではないが、バブルのおかげで文化の繁栄を享受してきたのだ。一種の多幸感が支配し、文化にお金を使うことが許容されていた。中学・高校生だったわたしは、その時代の、エキサイティングな、ほとんど目眩《めまい》がするような文化の輸入状態を覚えている。同時に、その頃日本で描かれていた物語は、終末論的《アポカリプス》な色あいを帯びていた。『ナウシカ』が描かれたのもその頃だった。

二〇一一年三月十一日の後、日本の芸術創作活動に影響が現れるのではと考える人たちがいる。もちろんそうだろう。でも終末的な物語、特に核戦争の脅威を描いたものは一九五〇年代にはすでにかなり現れていた。漫画に顕著だったが、それだけではなく、文学にも映画にもあった。それに、「ザ・デイ・アフター」のテーマは日本特有のものではない。アメリカでもヨーロッパでも、このテーマを扱った作品のリストは長大だ。

昨年、日本に一時帰国した時、フランスに住んで十四年目にして初めて、わたしは日本に少し長く滞在してみたいと思った。もちろん、政治状況は相変わらず絶望的だし、格差社会は広がるばかり、九〇年代ほどの景気悪化ではないにしても経済は上向きになる様子は見えない。不景気はあまりにも長く続いたのでそれが常態に思えるほど、中国に経済成長で追い越されても気にしていないように思えるくらいだ。日本はやっと、自分の身の丈に見合った小国になることを容認したのだろうか。そうであれば悪いことではない。チャーミングな、自然の美しい小国。わたしはその前の年に給与生活者であることをやめ、フリーランスとしての仕事を始めたばかりだったので、東京とパリを行き来して働いてもいいかと思い始めていた。東京の家賃は、以前ほどは高くないし、例えば、二〇一二年に……。

今となっては、そういう未来を描けない自分がいる。

この数日間、「自然」「風景」「野生の美しさ」などと口にするのを難しく感じている。一度も行ったことのない福島のことを思う。その風景を惜しむ。福島の自然は、それらの単語をもう身に纏《まと》えなくなってしまったのだ。

ある状況がずっと継続する時、それをカタストロフと呼べるのだろうか。もちろん呼べる。カタストロフは、それが自然災害にせよ人災にせよ、被害を与えたものに、癒えるまでに時間の必要な傷を残す。何年も。でもそれは「カタストロフ後」の作業だ。それがいつでも長くかかるのは仕方がない。現在わたしたちが生きているのは、今ここにあるカタストロフ、ここで絶えず新たに起こりつつある出来事なのだ。

わたしはこの本の冒頭で、わたしたちはカタストロフ前夜のまま、それが起こらないことを祈っていると書いた。今わたしたちはカタストロフの只中にいて、それは続いている。まるで、カタストロフが起きたまさにその瞬間に時が止まってしまい、それ以降わたしたちはずっとその中に閉じ込められ、出ることができずにいるかのように。毎日のように変化し続けながら、発展することはないこの状況を描くための時制をわたしは探している。

東京では、一触即発の緊張した状態が続いているという。ここにまでそれが伝わって来る。息詰まる雰囲気が、わたしたちの自然な状態になりつつあるのだ。

恐怖は、年寄りの間よりも若い人に顕著に見られる。五十代の友人がそう言った。それはあり得る。確かに、弟と、彼の妻は、震災以後わたしの両親の家に移り住み、いつ自分たちのアパートに戻るかはわからないという。両親の方はもっと落ち着いているようだ。弟の妻、つまりわたしの義理の妹の不安についてはよく理解できる。地震を体験したことなどなかったのだ。まだ余震が続いている。今年子供を作りたいと言っていた。若い人は、まだ人生先が長いのだから怖がるのも当然だ。

それに、彼らは核実験が頻繁に行われていた時代を知らない。地震の体験はあるにしても、放射能の被害を意識したことはないだろう。冷戦終結以降、メディアでは核実験の見出しが紙面を賑わせることはずっと少なくなった。現在二十代前半の若者は、チェルノブイリ後に生まれている。そして、核エネルギーに反対する人たちは、一九九〇年代以降は残念ながらずっと少なくなった。それらすべてが相まって、「放射能」や「核」という言葉は、今日の若い日本人には抽象的な言葉になった。その被害について、ずっとぼやけたイメージしか持たず、そのせいで、逆説的ではあるが、彼らはこれほどに怖がっているのだろう。

「ハローワーク」のウェブサイトで、友人が、福島の原発立地での除染の仕事の求人を見つける。コンビニやスーパーマーケットのアルバイトでもあるかのように。悪い冗談だ。

三月二十七日

余震は続く。携帯の地震アラームを「震度一」に設定すると、絶えず鳴り続けるらしい。「陸酔い」する人が出てくるのも理解できる。

日本のメディアは、チェルノブイリの事故による成人の被害は現実には存在しなかったのだと言い始める。ヨード剤を服用しなかった幼児だけが影響を受けたのだと。万が一の時のために何かを準備しているな、と感じる。何を？

研究者によると、岩手県の三陸地方には一九三三年に二十八メートルの高さの津波、一八九六年には三十八メートルの津波が襲来している。東電の管理職が好んで使う、「想定外の津波」という表現自体が、そうなると、何かを隠している証拠になる。

三月二十八日

環境関係のセクターの責任者であるフランス人女性と話す。彼女は言う。

「地震は、ある意味では清潔な自然災害だと言えます。でも津波は、穢《きたな》い災害です」

多くのフランス人が、この主題について何かしら彼女に助言しようとして毎日のようにメールを送ってくるという。今日フランスでは誰もが核の専門家だと思い込んでいるのだ。

彼女は、原発で勤務している人の名前をなぜ日本では報道しないのかと尋ねる。同席していた日本人が、誇りある行動をとりながら栄誉は求めないのが日本人の美徳だからだと答える。どうして、名前を報道しないのは彼らのため、後に、原発で働いていたということで差別されないようにだ、とわからないのだろうか。原発勤務者の家族だということで子供たちがいじめられないように名前を出していないのだ、ということが。放射能被曝者家族だ、と言われないように。またはわたしが何か思い違いをしているのだろうか。美徳だからと答えた日本人は、このフランス人女性に、日本の現実を知らせまいとしているのだろうか。

日本人の中には、原発事故をまるで自然災害のように捉えている人がいる、とパリに住んでいる友人の由美さんが言う。確かにそれは言える。西欧人は、どうして日本人は広島と長崎に原爆を落とされてもアメリカ人に恨みを抱かないのか疑問に思っている。

アメリカ人のせいではない。わたしたちのせいでもない。誰のせいでもない。ということは自然災害に違いない、ということになる。

個人的に、わたしはつましい生活には比較的耐えられる方だと思う。でも自己規制をしなければならない社会には耐えられない。

妄想《パラノイア》はあっという間に拡散することがある。わたしは、フランス人の学生たちと一緒にイランに行った時のことを思い出す。パスポートを取り上げられ、外出を規制されるなど特殊な状況だったせいで、一ヶ月もすると誰もがパラノイア状態になっていた。パラノイアのシステムはいつでもどこでも完璧に機能するのだ。

三月二十九日

リールに、イスラエル・ガルバンのダンス作品、「El final de este estado de cosas, redux」を観に行く。この作品はすでに観ていたが、ガルバンの作品は何度鑑賞しても、いつでも新しい部分を発見できる。わたしは、アポカリプスのヴィジョンを見る。運命的な美しさ。劇場を出ると、外は寒く、湿気が大気に立ちこめていた。

国際メディアには、日本人に対する批判的な意見が現れ始める。それまで日本人を褒め称えていたのとまさに同じ理由によって。

ある出来事が自分の想像を超える時、それに対して多角的な視点を保ち続けることの難しさについて。自分たちの目の前にある現象に手っ取り早い理解を求めた瞬間に、古い亡霊が現れる。

福島県の農家の人が自殺した。県産の野菜の消費を制限する条例が出された翌日だった。彼は何十年も前から有機農法でキャベツを栽培していた。地震を逃れても、原発は逃れられなかった、と家族は言う。

どうして日本人がもっと東電を批判しないのかわからない、と外国人は言う。どうして核エネルギーに疑問を呈する声が上がらないのか、と。わたしは、どうして彼らが理解できないのかがよくわかる。わたしにだって、どうして日本人が声を上げないのかわからないからだ。

日本人は略奪をしないわけではない。一九二三年の関東大震災の際、日本人は朝鮮人が井戸に毒を投げ入れたという噂を信じ、その結果虐殺が起こった。犠牲の羊を求めること。悲劇的だ。今回は、被災者自身が差別の対象になっている。避難所の中には、原発から半径三十キロメートル以内に住んでいた人の受け入れを拒否するところもあるという。

考えてみると、日本の家は電化製品で溢れている。いつでも温められている電気ポット、ウォシュレット、炊飯器では米が保温されているし、他にもまだ、意識せず、電気を消費していることさえ忘れているたくさんの電化製品がある。

三月三十日

携帯電話を手にしていた遺体が何体も見つかっているという。まるで、誰かに電話をしようとしているかのように。

わたしは南三陸に津波が来た時のヴィデオを見る。街中に避難勧告がスピーカーから流れるのが聞こえる。その放送を聞いた多くの住民は、急いで逃げ出し生き残ることができた。南三陸市の職員、遠藤未希さんは、最後まで避難勧告を流し続け、ついには波にさらわれてしまった。

ただ声だけが残された。

自分がかつて出版した詩集、「adagio ma non troppo」に書いた問いをここに引用する。

ひとつのメッセージがしたためられてから、読まれる人の元に辿り着くまでの間、書かれた文字は、手渡すべく移動する人の手にあって、どんな生を生きているのか。その後、一旦目を通せば消えてしまうのか、それとも読まれたすべての文字は決して消えることはなく、今も周辺を揺れているのか、

四月一日

フランスのラジオ番組のプロデューサーが、わたしとの会話の後で何かヒントを得たらしく、こう言う。「いいことを聞いた、明日の番組では、核の話をしよう」。現在このテーマは、いつでもどこにでも滑り込ませることができるらしい。「いいことを聞いた、今度は核の話をしよう」。このご時世にうってつけのテーマというわけ。

四月二日

カタストロフはわたしたちの日常の一部になってしまったようだ。何もかもを日常に溶解させられる能力は、一方では人間の強靱さを表す一方、全くもって空恐ろしくもある。カタストロフ以降を描いた映画などで、登場人物が毎日のように耐え難い日々を送る場面などは、いつ何時で

も現実になりうるし、わたしたちは耐え難きを耐える能力さえ備えてしまい、それを日常として生きてしまう可能性だってあるのだ。

フランス人の中には、日常生活の起伏に欠けているのか、自国にカタストロフが起こるのを待ち受けているのではと思われる人さえいる。彼らの意見では、日常の方が耐えられないのだ。アラブ諸国のように革命があるわけでもなく、連帯するには不幸に欠け、せいぜい大雨が降れば地方で冠水があるくらいで深刻な自然災害はなく、国民を統一させるに足りるものは何もない。誰かが、カナリア諸島で火山が爆発するかもしれないという仮説を述べていた。そう言いながら、その人はほとんどその想定に興奮してさえいるようだった。

もちろんそこはフランスじゃないけど、火山の爆発に伴って起こる津波はマルセイユまで来るかもしれないんだ！

どうかそのようなことが起こりませんように。いかなる時でも不安の種を探したい人は勝手にすればいい。

由美さんが、知り合いの日本人の話をしてくれる。広島の被爆三世の男性で、結婚が破談になったのだという。婚約者の女性の父親が結婚に反対したらしい。三世代後になってもまだ、そういうことが起こる。彼自身は、東京生まれで、広島とは何も関係がなくなっていたというのに。

この本の冒頭で、福島と広島を重ね合わせるのは避けなければならない、この組み合わせは単純すぎる、被災者がいわれのないネガティブなイメージを背負ってしまうことになる、とわたしは書いた。もう遅すぎる。イメージの重ね合わせは現実を捉え、このイメージはあまりにも強力なので切り離すことはできないだろう。どうすればいいのだろうか。

由美さんは、同様に、日仏家庭の多くが難局に差し掛かっているという。フランス人の夫は、自分の妻に日本に行ってほしくないと思っている。子供がいればなおさらで、フランス人のおじいさんおばあさんは、自分の孫が日本を訪ねることに反対する。もちろん、この春休みに日本に行くのに反対だというのならわたしもわかる。不確定要素が多すぎるからだ。でも由美さんによると、あるフランス人の高級官僚は、日本人の妻にこう告げたらしい。

「残念だけど、もうあなたはこれっきりご両親に会うことはできないね」

もうこれっきり。ということは、彼の子供は、フランス人であると同時に日本人でもあるのに、もう自国の土を踏むことはできないというのだろうか。

長期的には、多くの離婚が生じるだろうと由美さんは予測する。日本に住んでいる日仏カップルは、日本を離れるべきか迷っている。日本人妻（女性の方が日本人である場合が多いから）は、年老いた自分の両親を置いていくことに良心の呵責を覚え、それがまた諍《いさか》いの種になる。彼らのせいではなく、国のせいで別れるカップル。他に国際結婚で似たような状況が起こりうるか、想像してみる。戦争下にある国の場合か。政治難民だったらどうだろう。でも同様の事態が起こりうると考えるのは難しい。

戦争は、一旦終われば、国に戻ることができる。現在革命下にある国のように、政権がひっくり返されれば、政治亡命者も故国に戻れる希望はある。でも日本の場合には、終わりを設定することは不可能だ。終わりは沖のはるかかなたにあり、具体的に計画を立てることができない。

通常、夫婦の母国がそれぞれに異なるのはむしろ利点になりうる。仕事が見つからないならもうひとつの国に行くことができる。子供を育てている間は、教育環境がいい方の国に住むこともできる。しかし、夫婦のどちらかの母国が日本だということは、今後、離婚の種にもなるのだ。

どうかこれが一時的な状況でありますように。

四月三日

東京行きの便に乗る時に、わたしは、革命後、チュニジアやエジプトに帰国した人たちのことを思う。彼らの立場だったらよかったのに。もちろん、政権交代の後には解決すべき問題は山積みだろうが、そこには一種の興奮、歓喜、自分の国を刷新する希望があるだろう。わたしの方は、そこはかとない不安とともに飛行機に乗る。放射能のせいで不安なのではなく、東京の街が、変容し、疲弊し、政府の気の狂った言説に消耗しているのを見るのが辛いのだ。

アブデルワッハーブ・メッデーブの『チュニスの春』にこのような文章があったことを思い出す。「モハメド・シャルフィと私の友人、イシェム・グリバが前年九月に亡くなったのは本当に残念だった。彼は、生前あれほど目にしたいと念じていた、独裁者の失墜に立ち会うことができなかったのだ」

わたしは思う。祖父がこの世にいないのは幸いだった。戦争を経験し、半世紀以上東京に生き、この街を愛した人が、三月十一日を知ることがなかったのは幸いだった、と。

忘れていた強迫観念が戻ってくる。気落ちしている時いつでも思い浮かべてしまうのは、東京に地震が起き、わたしだけが外国にいるせいで家族の中でただ一人生き延びてしまうというシチュエーションだった。家族と一緒に避難所にでもいる方が、一人被災地から遠く離れているよりずっといい。祖父が健在だった頃、わたしはずっと祖父のことを心配していた。耐震構造などは全くない伝統的な日本の木造家屋に住んでいたからだ。そしてまさにこの理由によって、わたしは、弟が中国に住んでいる間は安心できたのだと思う。

もちろん、あらゆる日本人がこの手の強迫観念に駆られているわけではない。わたしだって、幸いにして毎日そんなことを考えてはいない。普段、わたしたちはもっと呑気に暮らしている。今回の震災のせいで、いつもは眠っているそうした強迫観念が頭をもたげてきたのだ。

外国でも、震災の画像ばかり見ている子供たちは、先に書いたような「地震」と「津波」ごっこをするのだという。

小さな娘さんがいる友人が、「フクシマ」という単語が学校の休み時間で新しい悪口になっている、と。フランス人の子供には、「さいわいの島」というこの地名は、「わざわいの島」のように聞こえているのだろうか。
「福島」という地名は、「吹き島」、つまり、風が強く吹く場所、という意味なのだという。その語源のせいで、わたしたちは毎日のように、日本上空の風向きの地図を眺めるはめになっているのだ、と思われませんように。

日本のウェブサイトで、またもや、迫害前に逃げようとしなかったユダヤ人の比喩が使われているのを見る。これってどうなんだろう、と思い始める。何を「どうなんだろう」と感じているの？

ラジオのフランス・キュルチュール局では、「原子力発電所で起きた事故の中で最も深刻な二つの事故のうちのひとつ、もしかしたら一番深刻なもの」とある。この表現につい驚いてしまう。海外では、そう捉えられているのだ。いや、わたしたち自身も、それが事実なのだとわかっている。わたし自身、驚いたことに驚いたのだから。言い方を変えれば、今までそのことを認めたくなかったのだと言える。今になってやっと、無意識にそれを認めるのを拒否していたと気づき、そのことに二度驚いたのだ。

空港では、税関職員が、頑張ってね、と言ってくれる。前に日本に帰った時には、免税ショップで、フランス人のレジ担当の男性にこう言われたのに。

「日本人でいいですねえ、好きな時に日本に行けるんだから！」

機内に入る列の先頭にいたので、他の乗客が続いてくるだろうと思っていたら、そんなことはなく、わたしの日本行きのフライトは本当にガラガラだった。これほど乗客が少なかったのは、湾岸戦争の三日後に飛行機に乗った時以来。湾岸戦争の時、日本人は、皆と同じようにパニックに陥って、ヨーロッパ行きを含め、旅行を我先にキャンセルしたのだった。

四月四日

飛行機の中で、わたしは、ある「終わりの感覚」に襲われる。何かが、もう取り返しのつかない方法で終わりを告げたのだ。前回の一時帰国は、一昨年の十一月だった。両親と長野県に旅行して、秋の景観を楽しみ、郷土料理を堪能した。箱根の温泉にも行った。新鮮な海鮮料理、紅葉の季節。

前にも書いたが、経済が上向きでないのは個人的には懸念の対象ではなかった。おそかれ早かれ、日本は中国に追い抜かれるだろうと思っていたし、それでいいのだ、と思っていた。ちっぽけなこの国に中国やシンガポールの人などが旅行に来てくれるかもしれない。日本は、他の多くの感じのいい国と同じく、ささやかな観光業で生きていく国になるだろうし、すでにそうなりつつあった。台湾人と中国人は、休暇にうってつけの行き先として日本を選び始めていて、西欧人も同様だった。資源はないが、自然がきれいで独特の文化があり、食事の美味しい国。

でもそれはもうおしまい。今後、わたし自身も、お寿司屋さんで魚を食べる時、それがどこで水揚げされたかを気にせずにはいられないだろう。以前は、魚がどこから来たのか聞くのは、その土地に夢を馳せるためだった。北や南の風景、自然、その海や川を思うためだった。今後わたしたちは、警戒心からこの質問をすることになるだろう。まるで、今後日本の風景にはすべて厚い霧がかかってしまったかのように。または、インク壺がテーブルにひっくり返され、そこにあった写真に染みをつけてしまったかのように。九州や、京都のイメージにさえも。

すべてに染みがついてしまった。関西さえも、日本であるというだけでもう訪れたくなくなる外国人の気持ちがわたしにはわかる。何もかもを一緒くたに考えているわけでは決してない。だが、日本全国、日本に関するイメージすべて、何もかもに、このインクの染みがついてしまった。何かが終わりを告げたのだ。

日本に着いた日にいつも訪れるお店では、いつでも美味な酒の肴が揃っていて、この日も、ホタルイカ、山菜のおひたしや天ぷら、桜エビ、鯛の白子や真子などが並んでいた。店は客で溢れていたが、みな口にするのは「もし万が一の事態が来たら」ということばかり。わたしの隣のテーブルでは、四人組のサラリーマンが冗談を言い合っている。

「死ぬ時は、お前と一緒に死ぬさ！」

四月五日

死者のイメージについて。日本では死体の写真を公にしない。災害での遺体を写した写真を目にするのは、海外メディアの報道がインターネット上に流れた時くらいだ。それらの写真の中には、敬意が感じられる写真、心揺さぶられる写真もある。生から死へと住処を移したばかりの人間を写し、単なる屍体としての写真を撮っているわけではない場合だ。または、遺体安置所を悲劇の場として撮っている時。慎みを持って死を写すやり方は存在する。

フランス人の友人が、死体の写真をメディアに載せないのは日本特有の現象なのかと聞く。もしかしたらそうかもしれないが、それが日本人の特質だと言ったところで何も答えたことにならない。

これは、想像力の問題だ。誰もが、今回の災害で死者が出たと知っている。多くの死者が。溺死者も。学校の体育館に遺体が並べられているというニュースを聞いた後で、わざわざ写真を見る必要はない。遺体をもうこれ以上受け入れる場所がなく、震災から何週間も経っても、まだ増えていくばかりの遺体をどうすることもできない、と知っているのに。家族全員が津波にのまれてしまったら、遺族が引き取りに来るわけではないとも聞かされているのに。

被災者であるということは、この状況に直面することだと知っている。それは、津波にのまれた人たちの死に直接向き合うことだ。身内の遺体を捜しに体育館から体育館へと歩き回り、多くの、捜しているのとは違う遺体に出会わなければならないことだ。今日でも、救助隊は、一日中瓦礫をかき分けて遺体を見つけようとしている。二ヶ月経ってもまだ見つかる遺体はあることだろう。そういったニュース、わたしたちが毎日のように新聞で読む記事は、自分の意思にかかわらず、十分に想像をかきたててしまう。それ以上、何を知る必要があるのだろうか。

湾岸戦争は「クリーンな」戦争だと喧伝されていて、死者が一人もいないと信じ込ませるため、アメリカ人の死者の写真を報道することはできなかった。このようなプロパガンダをスキャンダルとして暴きたてたことは正当化されるべきだろう。

だけど今回は全く別の話だ。湾岸戦争の間、イメージ規制は、アメリカ国民に死の概念を思い起こさせないことを目的として行われていた。反対に、東北での震災の場合、ニュース、言葉、様々な文章は死を想像させるのに十分にして余りある。現地にいないものは、いずれにせよ被災者が本当にどんな体験をしたのかは決して理解することはできないだろう。遺体の写真を見たからといって理解が深まるはずはない。

わたしたちはすでにイメージと情報に押し拉《ひ》がれているのに、これ以上とどめを刺すようなことをして何になるというのだろう。

外国人は、まだそこまで感情に圧力をかけられているわけではないから、もしかしたら、遺体が含まれているイメージを見ることができるのかもしれない。

ニュースによれば、香港の和食レストランは次々に閉店を余儀なくされているという。香港は日本とは近いので、直接日本から食材を空輸していると謳っていた店もあったらしい。今になって、他から食材を供給していると言っても、もう遅すぎるのだ。

パリの食業界で働いている友人たちをわたしは心配している。パリ郊外ランジスにある世界最大の卸市場では、海鮮類の売り上げが急激に落ちたというニュースを一週間前に聞いた。それらの魚や貝類などは多くがフランスで獲れたものであるにもかかわらず。恐れが広がり混同を生む。もう魚を食べる気にはならない、海水のことを考えたくないのだ。

咎められるべきことを何もしていないブルターニュの気の毒な漁師さんに謝りたい。

日本では、展覧会がいくつも開催中止になっている。海外から借りる予定だった作品が届かないのだ。保険料が突然上がり予算で賄えなくなったとか、作品を貸すのを断った美術館やコレクターがあったのだろうと想像する。

このようにして、ひとつの国は、否応なく孤立していく。

一九八〇年、日本は世界中のアーティストを惹きつけていた。

今後、日本は、西欧が美術作品を貸したり、西欧のアーティストたちが行きたがらなくなる国々のリストに入る可能性がある。来るとしてもせいぜい、廉価で映画撮影ができるから、という場合ぐらいだろう。

シャルル・ド＝ゴール空港に、放射性物質検査をする設備が設置されたとの噂が流れる。数値が高い場合、空港に衣服を置いていかなければならないと。本当か、それとも単なる噂か。捨ててもいい服を着ていくか、替えのパジャマでも用意しなければね、と冗談を言い合う。

四月六日

野次馬が被災地に写真を撮りに来る。その車のせいで、救助のトラックが被災地に辿り着くのが困難になっているという。自治体は、状況を改善するために、緊急車両通行章を配布することを決定したのだという。

日本人の作曲家と女性小説家と、沖縄料理のレストランで夕食をとる。原発についてのブラックユーモアを言い交わす。これほど不安定な状況では、もう笑うくらいしかできることは残されていない。

文化の分野で真に興味深いムーブメントは常に日本で起こっていると確信している人たちがいる。彼らにとっては、世界の中心はヨーロッパでもニューヨークでもない。そういうことが言える分野もあるのだろう。この作曲家はそう考えている人の一人だった。彼は自分の作品を頻繁にヨーロッパで発表し、最近フランスでインスタレーション作品を二つ制作したりもしたが、実際のところ彼は日本での仕事の方に重きを置いているようだった。または、日本特有の、ある種の問題系に、というべきか。

彼は日本の現状を危惧している。また、東浩紀がほとんど鬱になりかけているとも話す。おそらく、日本が文化の中心でありえた時代が終わりつつあるのを目の当たりにしているからだろうとわたしは想像する。この作曲家は「例えばベルリンのマルチメディア・アーティストに自分が将来なっているとは思えない」と言う。彼が、ヨーロッパに対し、また、世界に対しどのようなポジションを取っているかを、はしなくも表している例だ。

それで思い出したのは、昨年一時帰国した時、ある編集者が、日本に戻ってきたらどうかとわたしに強力に勧めたことだった。彼女はもちろん、わたしのためを思って言ってくれたのだ。まるでこう言うかのように。

「海外で楽しい休暇を長く過ごせてよかったね。でももう戻って仕事をする頃だよ」

夕食中のブラックユーモアの中で、放射能被害のせいで海外で結婚できない日本人、という話題が出た。本当にそうなったとしても全く驚かないが。
わたしたちは食事をし、笑う。国の水没に立ち会っているかのように。水位が次第に上がっていくのに。ますますひどくなっていく状況。どこまで状況は悪化しうるのだろう。

今日、爆発のリスク。

二三時三十分に強い揺れ。女川と六ヶ所村では原発が停電。

震災後、フランスにいた間、わたしは特に原発のことを気にかけていた。それが震災に関する懸念の中心にあったのだ。でも、いざ日本に帰ってみると、地震だってまだ終わっているとは全く言えないと気がつく。今のところ、それこそが一番の危惧の対象だとも言える。余震は続き、わたしたちの体に、まだ震災は終わっていないと告げるのだ。
余震だけではない。プレートがずれたことで、新たな地震が起こる可能性だってある。東京とその近辺では、後三十年内に大地震が起きるリスクは七十パーセントだとされている。このリスクをわたしたちはこのところ身をもって感じ取っている。新たな震災が来るかもしれないという恐怖に襲われている。地震は終わったどころか、新たな大地震の前夜にいる可能性もある、と人々は感じているのだ。
他の日本人よりもわたしの心配の度合いは強いのかもしれない。地震を経験したことがない外国人のように。定期的に経験していると慣れる事柄があり、遠くにいることで習慣が失われることもある。長い間フランスに住んでいるわたしは、前よりも地震に敏感になっている。

四月七日

亡霊にしても放射能にしても、人間は、見ることができないものを恐れる。「見」たいという欲望はそこから生まれるのか。

建築家のひさえさんと夕食をとる。彼女の話を聞いていると、建築家の中には、東京に大地震が起きてほしいという欲望を秘めている人がいるようだ。東京全部を実験場にしてクラッシュテストを行うようなものなのだから。それに、地震の後には様々な復興事業がある。都市計画の専門家にとってそれは、一九二三年の関東大震災の後や、一九九五年阪神・淡路大震災の後同様、何よりの機会なのだろう。

都市に大火災や地震が起こるたびに、都市図を書き換える機会が生まれる。その結果がうまくいくかどうかはその時によるし、わたしたちはその例をすでにいくつか見ている。建築家、アーバンデザイナーなどが、そういった機会が起こることを密かに望んでいてもおかしくないとは思う。最近テレビに頻繁に登場する核の専門家たちが、例外的な事態を間近に観察し、被災者のリアルなデータを得られる機会を前に、明らかに舞い上がっているように見えるのと同じように。

ひさえさんによると、耐震基準に沿って現在建てられている建物は地震によって倒壊することはない。だから地震の時には、建物の内部にいた方がかえっていいのだという。ただし、高層建築の場合、窓の近くなどにいると、建物が揺れ割れたガラスでけがをするとか、最悪の場合、窓から放り投げ出されるなどの事態が起きることはあるかもしれない。

四月八日

服用量がだんだん増え、その量に慣れていくこと。

事故に、非常事態に、責任者たちの遅すぎる対応に慣れていくこと。

詩人の水無田気流《みなしたきりう》はこう書いていた。

「習慣はこの世で最も恐ろしいことだ」

書店では、地震や核問題に関する著作が並んでいる。これほどあったとは意外だった。どれだけ急いだとしても、三月十一日以降にこれらの書籍がすべて書かれ印刷されたとは思えないからだ。地震の際のサバイバルマニュアルを二冊と、地震の歴史を辿った本を二冊買う。一冊は、中世からの日本の歴史の中の地震についてのもので、もうひとつは近代の、政権ごとに異なる復興対策を分析しているものだった。

その一週間後、こういったテーマは書店のほぼすべての棚を覆うようになる。

編集者と食事をしに、東京駅すぐ近くの丸ビルに向かう。現代的なビル二つが建ち並ぶ様子は美しい。でも、このビルを眺めながら、来るべきもうひとつのイメージをそこに重ねないわけにはいかない。それは、この二つのビルが崩れ落ち、廃墟となるイメージだ。

四月九日

本がなかったら、避難所でどうやって過ごせばいいんだろう。本は時間をある意味で具体的な存在にしてくれる。このツールがなければ、状況が改善されないまま待機する時間は終わりを知らず永遠に続くように思われるだろう。個人的には、どこであれ、本を持たずに移動することは考えられない。たとえ本に集中できず、読書ができなくても、本を手にし、必要があればページを繰ることができるというだけで、気持ちが落ち着くのだ。でももちろん、これは想像でしかない。避難所に流れている時間の何を自分が知っているというのだろう。

支援物資を受け取る被災者を聖人扱いするのは間違いだ。わたしたちと同じ、ただ災害にあったというだけなのだから。わたしは、避難所にアルコール飲料を送るのは許されていないと聞いたことがある。その後、中井久夫の本で、阪神・淡路大震災の被災者にアルコール依存が多く認められるというくだりを読んだ。

四月十日

箱根に一泊二日で出かける。よく知っている温泉旅館だ。旅館の女将は、地震の後で、キャンセルが大量に出ました、と言う。箱根自体は東京から電車で一時間半、西に行ったところにあり、一時避難するには最適だというのに。女将の言うところでは、地震後何日間か水が濁っていたという。温泉を生活の糧にしている人は日本では大勢いる。そして、今回のように、地面が一度に二メートルもずれた場合、地震の影響を恐れる人がいるのも無理はない。突然源泉が枯渇してしまうこともあるかもしれない。そうなればなすすべは何もないのだ。

四月十一日

つい考えてしまう。トンネルを車で通っている時。海岸を走っている時。今この時に地震が起こったらと考えずにはいられない。わたしたちのあらゆる行動は、今までの人生で学んだことから成り立っている。家庭内暴力を受けた子は、近くで誰かが手をあげるたびに、叩かれるのではないかと思い込み無意識に身を硬くするだろう。日本人が電話で挨拶をする際、相手が見えないのにお辞儀をすることがあるのは知られている。スリに遭わないようにパリの地下鉄では皆バッグを両腕にしっかりと抱えている。日本では、揺れがあるたびに、腕で頭を守り、テーブルの下に隠れる。震災後、東京でハイヒールを履いた女性を見かけることは少なくなった。

高校生が、学校帰りにこう言い合っているのを聞いたこともある。

「地下鉄じゃなくて、電車に乗ろうよ」

ある年、日本に一時帰国してみると、実家にあったピアノが消えていた。わたしはもちろん機嫌を悪くしたが、母親は、ピアノを習いたいという友人の娘さんに「貸して」あげたのだという。母親はこう言うのだった。

「それに、涼子ちゃんピアノなんてだめよ、殺人マシーンなんだから。地震の時、すごい勢いで走るらしいのよ。あんなに重いものが滑ってきたら、壁は壊れるだろうし、そうしたらお母さんだって潰されちゃうわよ」

わたしのパリのアパートには、壁の天井まで本棚が備え付けられている。引越しを機に取り付けてもらったのだ。それまでは、ベッドの近くにそれほど背の高い棚を置いたことはなかった。特に日本では、そんなアイディアは思いつきもしなかっただろう。実家の本棚の高さはすべて一メートル六十センチ以下に揃えられていた。スペースの使用法からすると機能的ではないにしても、仕方がないのだ。わたし自身、フランス人の友人の家に招かれ始めた頃、家具の置き方に驚いたことがある。ベッドのすぐそばに大きな洋服簞笥があったり、頭の高さに美しいガラスの花瓶が飾られていたり。

天井までの作り付けの本棚を作った時も、わたしは相変わらず心配していた。友人や、工事をしに来てくれた職人さんを質問攻めにした。彼らは皆心配しすぎだよとわたしをからかって笑ったのだが、もちろん彼らの方が正しかったのだ。

自分が生きてきた環境にどれだけわたしたちの考えはフォーマットされているんだろう。

四月十二日

雑誌『フォーカス』誌では、「福島から半径二十キロメートル圏内では、影さえも蒸発した」とある。またもやイメージの重ね合わせだ。影、蒸発、広島。

コリーヌは、今回の被災地は歴史的に何度も津波に遭っていると言う。毎回、津波の後の一定期間は、誰も海岸沿いに家を建てないのだが、少しずつまた人は戻ってきてしまう。海岸に近い方が土地は安いからだ。

宮古市の近く、姉吉地区では、一九三三年の大津波での生存者はわずか四人だった。波の高さを示すために碑が建てられ、そこにはこう書かれた。「此処より下に家を建てるな」。人々がその教えを守った結果、今回、この地区では津波にのまれた家は一軒もなかったという。津波は碑の五十メートル手前で引き返していた。

Yahooは、地震を記録したアプリケーションを提供している。現在からさかのぼって、過去千回の揺れまでを表示できる。今日、三月十一日という日付が消えた。それは、この一月ですでに一千回以上の余震があったことを意味している。

四月十三日

行きつけの美容師さんは、普段は陽気で楽観的なのだが、彼女までがふとこう言い漏らす。

「来年また桜の花を見られるかしらねえ」

被災者の人たちの中には、比較的快適な建物に入居したのに、避難所に戻ってくる人がいるという。確かに、快適さだけを基準にすれば普通の住居の方がいいに決まっているが、例えば自分が住んでいた町の避難所から離れた自治体の建物に住むことになった場合、同じ体験を分かち合った人たちがそこにはいない。自分の体験が理解されることはなく、孤独を感じてしまうのだろう。記憶の共有。またもやイメージの重ね合わせ。ユダヤ人の記憶。

反対に、避難所を離れてもっと状況の悪いテントで生活する人もいるという。赤の他人と私生活を共にするのが耐えられないのだ。避難所にはプライヴェートを守れる空間はどこにもないからだ。

人に会うたびに、震災の後に何を読んだかを聞いて回っている。そして、もし避難所に行くことになるなら、本を読む必要を感じるか、と。ほとんどの人は、何も読まなかった、そして、避難所で何かを読むことは難しいだろう、と答える。

おそらく、被災者間である種の共同生活が確立すれば、その一時的な共同体で各人が役割を見出すだろう。そして心にのしかかる不安を追い払うには、読書よりも体を動かす方が効果があるのかもしれない。わたしが考えていたのはむしろ災害後すぐの数日間のこと、ただ待つより他に何もすることのない、不確かな状況に囲まれている時のことだった。その時には、一人っきりになれる空間を自分の周りに作るためだけにでも、本を所有している必要があるのではないか。でもわたしにはわからない。わたしは、自分の想像力を超えることを想像する困難に直面している。

四月十四日

本を持たずに避難所にいても耐えられるかという質問に、作家の朝吹真理子さんはこう答える。

「わたしはどちらかといえば、鉛筆とノートがあった方がいいかもしれません。もしもその二つがあれば、本がなくても時間を潰せると思う」

自らが必要なエネルギーを作り出せる真の自家発電機！

出版社を経営する小川さんは、民俗学者の赤坂憲雄が現在被災地にいると言う。何年も前から東北でフィールドワークを行ってきたのだから、それを続けることは彼にとってはごく自然なのだろう。

小川さんはまた、大江健三郎も東北に行って、そこで起こったことを書くべきだという。もしその仕事を行うことができれば、彼が以前に広島と原爆について書いた仕事と完全な一貫性をなすことができるだろう、と。そしてまた、沖縄と、辺境という問題についても。

四月十五日

友人岡井さんと昼食をとる。若い頃、彼は家族との関係を絶った。もしかしたら、家族は彼との縁を完璧に切るために、すでに失踪届を出しているかもしれないという。捜索願とは反対に、行方不明だとされた人は、ある期間が過ぎれば死んだことにされる。岡井さんは岩手の出身だ。わたしは彼に、家族が震災の被害を逃れたかどうかを聞く。彼は、わからない、連絡を取っていないから、と言う。

新聞での死亡者のリストには少なくとも目を通しているの、と尋ねる。

「ごめんなさい、一度だけ見ちゃったんだよね。でも名前がなかったから、生きてることに決めた」

彼の「ごめんなさい」にわたしは衝撃を受ける。見ない、という行為を徹底しなかったことを謝っているかのような。別に知ろうとしたって全く問題ないはずなのに。

今回初めて、わたしは、新聞に載っている死亡欄の真の使用法を知る。このようにして家族の一員の生死を知る人もいる。白黒つけるために。


詩人にして『源氏物語』の専門家でもある藤井貞和は、震災後の一連の出来事は、一九五〇年を思い出させるという。彼が子供の頃、雨が降ると放射能に備えて傘を必ず差すようにと言い聞かせられていた。五〇年代は核の恐怖が刻まれた時代だった。一九五四年、アメリカの核実験のせいで被爆したマグロ漁船第五福竜丸の事件があったのでなおさらだ。船員からは一人の死者と複数の被爆者を出した。

でもそのあとは、各人が、世代ごとに、核の恐れが最も強く感じられた時代を思い浮かべるのだろう。わたしは七〇年代を思い出す。


忘却はいつ機能し始めるのだろう。わたしは父に、第五福竜丸の後、いつ頃までマグロを食べるのを止めていたかと聞いてみた。当時の写真を見ると、魚屋に「原子マグロは取り扱っていません」という貼り紙をしてある。マグロの売り上げがこの時一気に落ちたことをわたしは知っていた。父は、よく覚えてないなあ、と答える。弟は、原子マグロという言い回しを知りもしないだろうし、もっと若い世代に至ってはなおさらだ。

忘却が機能するまでには、とても長い時間がかかる時もある。一九四〇年に水銀中毒を原因とする「水俣病」という神経病を引き起こした水俣市は、その影響を長い間引きずることになった。汚染魚を捕獲するとされる仕切り網は一九九七年まで設置され続けていた。水俣市は、サスティナブル漁業と有機農業に舵を切ったが、現在は害がないのにもかかわらず、今でも魚介類に水俣産と記すことは難しい。

今回の災害は広島と長崎の問題を再びあぶり出した。多くの人が、福島と比較をするという誘惑から逃れられない。原爆投下の後も、広島や長崎にそんなに早く戻って暮らし始めてもいいのかという問いがあった。そして、被爆者手帳を配布した方がいいのかについても。様々な見解があるだろう。わたし自身には、はっきりとした意見はない。

でも確実なのは、歴史のページをすでにめくったと思っていても、その前にあったものは表面に浮かび上がってくるということだ。思索の対象をひとつひとつ丁寧に取り上げ、忘却とは何を意味するのか、何を、どのように忘れてはいけないのかについて考え直す必要がある。

お酒を飲みに行けるのは贅沢だ。震災以後、飲む気を全く失ってしまったと友人に言われるまで、飲みに行くという行為の有難さを考えたことはなかった。もちろん、彼にはそんな気力がないからそんな風に言っているのかもしれないし、計画停電のせいもある。でも何よりも、アルコールに酔うことを恐れているのだ。いつ何時にも地震が来てもおかしくない、と思っているから。確かに万が一の時には、素面《しらふ》でいるに越したことはないだろう。

四月十六日

告発の時が来た。やれ、左翼の人間が東京を離れたとか、遠くの町で安全に暮らしていながら勇ましい記事を書いた作家がいるとか、フランス人が日本を離れて帰国したとか。かつて東京電力のコマーシャルに出ていた芸能人がいるとか……。わたしは誰を非難する気もない。最も恐るべきことは、この告発モードが全体に広まることだ。

わたしはいつも、戦争の足音が近づけば、次第に「例外状態」が多くなり、全体主義と検閲が少しずつ力を持つようになるのだろうと考えていた。現在、多くの人が、非常事態宣言や検閲、言論をコントロールする傾向を非難している。人々は、「例外状態」をすでに意識しているのに、その傾向は逆転しそうにもない。言説の監視は戦時中と同レベルになったことを認めざるをえず、そうわかっていながらその状態から抜けられない。わたしが今までに思いを致したことのないメカニズムだった。

友人の母親は戦争を経験しているのだが、彼女に言わせると、紛争がある時には家を失くすことがあり、それは仕方がないのだという。確かに紛争の時なら仕方がない。欧米では、第二次世界大戦の終わり以降、そういった状態下に置かれたことはなかった。戦争も破壊も続いているが、欧米人は、それは自分たちの国では絶対に起こらないと思い込んでいた。だからこそ欧米では、自分のテリトリーが脅かされる九月十一日があれほどまでにショックな出来事だったのだ。

日本人にとって、自然災害はいつでも起こりうるカタストロフのリストに載り続けている。アメリカでも、竜巻や洪水に定期的に見舞われる地域がある。反対に、原発事故は、西欧人が想定していなかったのと同じくらい、わたしたちも考えには入れていなかった。そして、皆チェルノブイリの事故を知っていたにもかかわらず、それは「管理ができていない」「完全に先進国というわけではない」国のこと、よそで起こること、と思い続けていたのだ。

西欧が福島原発事故をこれほど大きく取り上げたのは、チェルノブイリのケースのように、放射能被害を直接受ける危険があるからではない。日本と西欧とは距離的にずっと離れているからだ。それよりも彼らは、今後は原発事故がどこでも起こりうることを考えに入れなければならないと知ったがゆえに、あれほどに反応したのではないだろうか。

四月十七日

銀座を歩く。日曜日、歩行者天国になっているところも多い。ビルの谷間を歩きながら、不意に思う。わたしは大地震を体験したくはない。そしてすぐに、そんな風に考えられるのは、じきにフランスに帰れるから、東京は自分の本拠地ではないからだと気づく。

着物デザイナーのやまもとゆみさんは、このところ着物を着ている人がとても少ないという。おしゃれをする気になれないからだけではなく、着物は地震の際には歩きにくく、逃げるにあたってリスクが高まると皆無意識に思っているからだろう。ここにもまたひとつ、震災が持ち込んだ新しい習慣がある。

四月十八日

二人の詩人とランチ。日本オリジンだが英語で執筆しているなかやすさわこさんと、水無田気流さん。彼女たちにはどちらも子供がいるが、原発事故に対する彼女たちの反応はかなり異なっている。水無田さんは悲観的で、不安でいっぱい、息子の将来のために海外に滞在することを考えている。今日だって、子供を連れて一緒に食事をするはずだったのだが、天気予報が雨だったので、子供は旦那さんが面倒を見ているのだという。さわこさんの方は冷静だ。もちろん、子供のことを気にかけているのには変わりはないが、パニックに陥ってはいない。パートナーが外国人であることも大きいのだろう。アメリカ、中国、そして他の国での生活経験もある。危険が生じたら、いつでも他の国で暮らすことができる見込みがあるのかもしれない。

この二人の反応が全く異なることに、わたしは安堵する。自分が日本に来てから、自分が会った人は皆今回の件に対し異なった反応をしてきた。鬱になる人もいれば、現実から目をそらすため、原発事故はなかったかのように振る舞う人もいる。怒りを隠さない人、このことばかりを話題にする人もいる。それらの態度はどれも正しく、これだけがあり得るべき唯一の反応だというのは存在しない。海外にいると、日本で起こっている物事は、一面的で実体を持たないイメージのように見えてしまうので、この、現実に対する様々な捉え方はある種、健全に感じられる。

水無田さんは、新聞の依頼で地震についての詩を書いたという。センチメンタリズムが現代詩の中にはびこる中、彼女は怒りのトーンでのテキストを書きたかったらしい。でも、彼女の原稿を受け取った新聞はすぐには掲載しなかった。「論壇」用の原稿ではありませんから、というのがその理由だったらしい。言い換えれば、詩人は作品中で自分の意見を表明してはいけないということだ。

数日後、そのエピソードをある編集者にすると、彼は笑いながらこう答えた。

「確かに彼女の作品のメッセージはあからさますぎるほど明らかだからなあ」

そういうこともあるだろう。しかし、原稿を作家に依頼するからには、その作家がどんな作風かくらいは知っていそうなものだと思うけれど。

わたしは、もう二十年ほど前から創作を続けているので、今後、この「その後」に書くことになるにしても、この問題に立ち向かい書き続ける気力があるだろうと感じる。それに対し、今創作を始めたばかりの若い作家のことを思う。創作経験の浅いうちにこんな出来事が起こったら、このような事象を思索の対象にするための道具をまだ備えてないかもしれない。でもそれは勝手な想像で、もしかするとやすやすとこの問題に立ち向かえるのかも。またはわたしたちと同じくらい不器用に。ただ、わたし自身は、もしもこんな災害が自分の作家人生の初めに起こったら、執筆を続けるのにかなりな困難を覚えただろうと思う。

四月十九日

このところ、テレビのニュースはいつも同じ内容を扱うので、テレビキャスターが口を開く前に、どんなフレーズから始まるのか先回りして暗唱できるくらいになってしまった。

「東京電力福島第一発電所では……」

ある日、ニュースキャスターは「政府は」という単語から口を切ったので、わたしは家族と、すわ状況が変わったのかと固唾を飲んで聞いていた。ついに！　ところが、次に続いたのはこのような言葉だった。

「政府は、東京電力福島第一発電所で……」

一九五四年から製作が始まった映画「ゴジラ」のシリーズが核実験から生まれた生物を取り扱っていることはよく知られている。フランスでも有名な、松本零士の漫画、そしてアニメ「宇宙戦艦ヤマト」も、一九七〇年代の核問題を扱っていた。大地は放射能物質に汚染され、人類は滅亡しかけている。そこで、登場人物たちは、放射能を除去する物質を求めイスカンダル星を目指す。子供の時にこのアニメは見ていたが、そんな背景があったことは忘れていた。核の脅威は、文学やマスカルチャーのテーマになっていたが、時事問題に揺さぶられて、薄れていた記憶がわたしたちの元に再び戻ってきた。ジョルジュ・ペレック『ぼくは思い出す』の核ヴァージョン。

四月二十日

作家で精神科医の中井久夫は阪神・淡路大震災の時に、自分の勤務地で起こったことを記録し、その本で、一九二三年の関東大震災の後、死体の写真がこっそり出回っていたことを指摘している。そういった写真は、被災地から遠く離れた地域でも見つかったという。災害のポルノグラフィー。彼はまた、関東大震災の際に、朝鮮人の虐殺が行われただけではなく、被災者が略奪しにくるのではと恐れて自警団を地区ごとに作っていたところもあると述べている。

その頃、被災地を支配していた空気については考えたくもない。

日本人は、海外で思われているように、礼儀正しくも規律正しくもない。ただ、おそらく過去の過ちから何かを学んだだけなのだ。

経営学者の山口浩は、フェイクニュースを寄ってたかって排除しようとしてはいけないという。もちろん、根拠のない噂を流し、誰かを危険に陥れることがあってはならない。ただ、インターネット上に情報が流れると、その情報の真偽を確かめるシステムが自然に作られ、遅かれ早かれただの噂と有効な情報が分けられていくという。もしも、フェイクニュースを恐れるあまり、確かめられていない情報を前もってすべて規制してしまうと、フェイクニュースに対して「免疫」を持たない社会、脆弱な社会を準備してしまうことになる。

四月二十一日

編集者の鈴木美登里さんと話す。彼女は震災後すぐにフランスに来ていた。

「日本人の人たちが慎ましい態度を取り、秩序を保っていたのを称える新聞を読んだりラジオを聞いたりしていて、わたしは、それは日本人全体の美徳というよりは、東北の人たちの美徳ではないかと感じたんです。震災の日、わたしはもちろん、連帯や礼儀正しさ、規律の取れた行動を目にはしましたが、被災者の方たちが、涙をこらえ他の人への感謝の言葉を述べ、喩えようもない不幸な出来事の只中で自分たちに降りかかった運命を受け入れ、誰を非難することもないのを見ていると、やはり、もしこれが東京で起こっていたら、同じようには物事は進まなかったのではないかと思わずにはいられません。東北の人たちは、他の地方よりも日々厳しい自然と格闘しなければならず、そのせいで、高潔でもあり、はたから見ても胸痛むほどの美徳を持っていると思うんです」

彼女の話を聞いていて、わたしは、第二次世界大戦中に、東北から召集された兵士たちは略奪を行わなかった、という証言を中井久夫が引用していたのを思い出す。

真偽のほどは定かではない。でも、確かなのは、「日本人のメンタリティー」とか「日本ならではの秩序の正しさ」は国単位で存在するわけではない。カタストロフのあと、レベッカ・ソルニットが著したような、非常事態だけ起こる普遍的なユートピアが長期化しているだけだ。また、東北の人たちのように、生活環境の厳しさによって培われた地方特有の美徳もある。

こう書きながら、わたしはためらっている。わたしは東北のことを思う。東京に常に食料や電力を補給してきた地域。パリとその北部の関係のように。一九五〇年代から七〇年代においては、東北からの出稼ぎの人たちが東京に労働力を供給してきた。学校教育を終えるとすぐ、東北の若者は、工場などに働きに出て行ったのだ。今日に至るまで、被災地となった地域には多くの工場があった。東京からアクセスしやすくかつ人件費が安いためだ。例えば同じ人件費だとしても沖縄に大工場地帯を作るのは割に合わないだろう。

東北はいつでも、首都圏から地理的には遠くないにもかかわらず、遅れた地方のような捉えられ方をしてきた。都民の想像の中では、東北は開発の進んでいない田舎で、言語的にも東北の方言は、最も聞き取りにくいものと思われている。

その歴史、そして昔から東北に結びつけられてきたそのイメージのせいで、わたしはためらう。被災者の人たちのインタビューを聞いて、福島の言葉のイントネーションに心動かされると書く時、自分もまた一種のオリエンタリズムに陥ってしまってはいないだろうか。先に東北のことを書きながら、わたしは戸惑っていた。東北の人たちのメンタリティーなどと十把一絡げな書き方をしたが、東北は六県にまたがり、気候も歴史もそれぞれに異なっているのだから。東北の人たちに特有の震災への反応、などと書くことで、わたしもまた、日本人の従順さを称賛し自分たちのクリシェをさらに強固にする外国人たちと同じ罠にはまっていないだろうか。

それでもわたしはこう思わずにはいられない。阪神・淡路大震災の後には、人々の態度にはもっと人間臭いものがあった。エゴイズムが剥き出しになったりとか、いさかいがあったりとかなどだ。もちろん、連帯感が大半を占めてはいたが。そうした反応の差は、被災地の住民のメンタリティーの差よりも、震災の質の違いからきているのだろうか。今回は、比較にならないほど大きな絶望を引き起こしているせいだろうか。それともメディアの扱い方が変わったのだろうか。どれも考えられることだ。わたしはこの問題に結論を出すことができない。この問いは、震災以降わたしの元に居座って、絶えずそれについて考えることを強いる。

この文章を、実家に帰る途中の電車の中で書いている今、二十二時三十九分、携帯が鳴る。地震警報だ。他の乗客の携帯も同時に鳴り始める。割れんばかりの響きの共鳴。千葉県で地震。列車がわずかに揺れる。

四月二十二日

わたしは震災前の習慣を一部取り戻し始める。再びエレベータに乗れるようになる（時々で、いつもではない。それは、乗れないのは日本のせいだけではなく、フランスで一度エレベータの中に閉じ込められて以来トラウマになっているせいもある）。地下鉄に乗る時、地震が起こったらどうしようと毎回考えないようになる。看板の下を通れるようになる。ヒールのある靴を履かないのは、そういうファッションスタイルでないだけ。わたしは、東京、わたしの街に再び親しむことを学び始める。

朝吹真理子さんと、慣用句についての話。時には、出来合いの言葉が現実に忠実な描写そのものである時がある。一度、パリの地下鉄でナイフで脅された時、わたしは自分の胸が早鐘を打つのを聞いた。疲れて膝が笑うこともある。言葉通り心がふさがれたり、破れたりすることもある。これらの慣用句はわたしたちの感覚を正確に反映している。

だとしたら、どうしてこのような言葉で表現してしまうと、物事は平凡そのものになってしまうのだろうか。どうして。

どうして、被災者の人たちの証言が、疑いもなく極度の苦悩を通りこしてきた人たちの言葉なのに、時としてうつろに響いてしまうことがあるのだろう。本当は、それらの表現は、彼らの個人的な感覚に最も近い言葉かもしれないのに。

彼らの話し方のせいではない。慣用句に特有のこの二重の性質のせいで、否応なく、現実味に欠けるように聞こえてしまうのだ。

そうだとすれば、そんな状況において、文学はどんな表現を見出すべきなのだろうか。

鮎川信夫賞授賞式。受賞者の朝吹亮二さんの奥様は着物姿だ。二週間前、わたしが東京に来て以来初めて見た着物。

参加者はみな、授賞式が無事に開催されたことに驚きつつ喜んでいる。春の授賞式はほとんどが間際で開催中止を余儀なくされていたから。

選考者の中には、受賞した詩集が震災の前触れのような内容を含んでいることを指摘する者もいる。確かに、震災の予告とも取れる文章を見つけようと思ったら、枚挙にいとまがない。「偶然の一致」だと言い合う人たち。受賞作のうちの一冊は『嵐の前』という題だった。

ある女性作家は、広島の被爆者の第三世代について小説を準備しているという。彼女は以前からこのテーマに関心があり、震災が来た時は、ちょうど資料を集めていたところだった。その小説を書いたら、おそらく批評では、震災と関連させてあえてこのテーマを取り上げたのだろうって言われるよ、とわたしは指摘する。もしかしたら、状況を利用し、話題になる主題を意図的に選んだのだと非難されるかもしれない。でも彼女の意思は揺らがない。それを書こうともう心に決めていて、どんな批評が来ようと受け入れる覚悟があるという。

またもや偶然の一致について。作家の思考は川のように広がっていき、そこに震災が岩を落とし、水しぶきが上がったり波紋ができたりする。

わたしたちは忘却の問題についても話す。今の若い日本人は、おそらく被爆者の第三世代について考えたことさえないだろう。その主題にあえて触れることで、若い世代に新たに被爆者差別の種を植え付けてしまうことにはならないのだろうか。特に、被爆の際の健康への影響を隠さないつもりだ、と彼女は言うので、余計にそう思える。もちろん、彼女もそれについては考え続けている。でもどちらにしても、この小説自体を書かないことはありえない、と彼女は断言する。

震災後、大江健三郎は何を書くのだろうと思うことがある。もちろん、彼だけではない。先の女性作家のように、広島の問題を再び見据えようとしている作家はいる。ある本を読んで、そこに書かれた主題を自分自身も取り上げる時、わたしたちは、その本を書いた作家の後継者と捉えられることがある。たとえ作家自身がそう表明することがなくとも。このようにして、ある作家やある本は、複数の後継者を持ちうる。直接の影響や、流派を形成することはないとしても。精神的な後継者。

震災の後何を読んだかについて、相変わらず周りの人に聞いて回っている。詩人でもない友人が二人、今は詩しか読むことができないと答えた。何も読めないという人たちもいる。音楽しか聞けない、という人も。その反対のケースもある。震災の後にどんな言葉が必要なのかはわたしには相変わらずわからない。でも、一人の書き手として、執筆にあたっての自分の問いは変わった。「震災の後に何を書くべきか」ではなく、「震災の後に、人は何を読みたいのか」と問うようになったのだ。どんな言葉を人は見、聞きたいと思っているのだろう。何をわたしたちは届けることができるのだろう。

別に、被災者の人にメッセージを届けようとしているのではない。ただ、わたしたちを取り巻く世界が変わった時には、自分の書くものに対しても異なった捉え方をする必要があるという、ある意味当たり前の事柄を確認しているだけだ。そもそも、カタストロフとともに変わったのは世界だけではない。語り方、表現の仕方も、一時的にであるかもしれないが、変質する。いくらでも分析しようはあるだろうが、今わたしが目の当たりにしているのは、これまで自分が、日本が経験したカタストロフの時よりずっと大きい変質で、それが話し方、言説、語りの方法に影響を与えているということなのだ。何もかもが、根底から揺さぶられている。
書き手として、それらの変化のすべてに注意深くあり続けなければならない。作家は同時に、読み手、話し手でもあるから、この言語の竜巻に荒々しく翻弄される。この状況下で、何が読まれること、受け取られることを求められているのだろうか。

わたしはまた、フランス人が今後どんな日本文学を読みたいと思うかを想像する。三月十一日以来、日本についての話題が頻繁に上った。これ以上聞きたくないと思う人もあるだろう。日本のテーマには飽きてしまい、他の話題に移りたいと思うかもしれない。そうなった時、例えば一年後、日本に対するイメージに影が差した後、フランス人はどんな日本文学を読みたいと思うのだろうか。それとも全くの飽和状態になり、日本に関わることは何であれ、これ以上知りたくないと思うのだろうか。

四月二十三日

『スイッチ』誌の中で、細野晴臣が、東京都民は、物質的な被害を受けていなかったとしても被災者なのだと書いていた。一種の精神的な被災者。確かにそれは現在の東京都民の状態に当てはまるとわたしも思う。東京でも地震はあったのだし、繁華街は薄暗く閑散として、原発事故の不安は大都市だけに特に大きかった。大きな倒壊被害がなかったとしても、大都市特有の機能が途絶えた途端、その都市は今までとは似ても似つかない姿を見せる。

ある意味、東京都民は直接の被災者でない（大規模停電を体験したわけでもなく、倒壊家屋は少なかったし、死者はほとんど出なかった）からこそ一層、本当の被災者が生きている状態を前にして、自分たちの苦悩を口にすることができない。それはボディーブローのような苦しみになり、時間とともにその効果が次第に現れるのだ。

四月二十四日

フランス帰国を間近にして、わたしはなんだか帰りたくないような気持ちになる。わたしのかつての暮らし、友人、仕事相手、自分のよく知っている場所は、再び身近になった。自分はもちろんこの現象を熟知している。日本滞在の終わりが近づくといつも少し寂しく感じるので、パリに戻るとすぐに仕事を始めて、できるだけ空っぽの時間を作らないようにするのだ。

今回、わたしは、終末の感覚を伴って東京に来た。前回の一時帰国の時に温めていた、将来的に東京とパリを行き来して仕事をするアイディアは諦めていた。それなのに、今、もしかしたらそれは可能かもしれない、自分は、地震に再び慣れ、二つの都市、二つの世界の間で生活するのが楽しみになるかもしれないと思い始めている。

そんな希望を持てるようになったのは友人のおかげだ。彼らが、自分の人生、仕事を続け、日本の文化が続くように全力を尽くしているのを見たからだ。それから、東京という街。今回、わたしは神楽坂を足繁く訪れた。わたしが生まれた界隈。たぶんわたしにとっての東京はイコール神楽坂なのだ。この街、この地区にわたしは愛着を感じている。それは今特にはっきりと感じる。だからと言って、震災のことをもう考えていないとか、現実に目を瞑っているというのではない。

例えて言えば、それは、都市が犯された後、その都市と再び愛を交わすようになったようなもの。この都市が犯される前から、わたしはこの街をすでに愛していた。犯されたからといって愛さなくなったのでも、もっと好きになったのでもない。ただ、大きな変化が起きたことを知り、その変化も含めてこの街を受け入れているということだ。再び、わたしたちは互いに触れ始めたのだ。

表現は生々しいかもしれないが、何か、このような表現を要する性質のものがここにはある。わたしが抱いている愛着や、再び街に近づいていくための作業は、身体的なものだ。

四月二十五日

「詩人の春」というイベントが東京で行われる。今日はその初日。わたしは、朝吹真理子さんと、渋谷慶一郎さんとのコラボレーションで朗読兼コンサートを行う。わたしが自分のテキストをフランス語で読み、真理子さんはその日本語版を、そこに渋谷慶一郎さんが音楽をつけていく。

百二十人の観客で会場はいっぱいだった。街を覆う憂鬱な空気を少しでも追い払う必要を観客が感じているのがひしひしとわかる。

四月二十六日

二日目は、詩人のアンヌ・ポルチュガルと、詩人で作家の小池昌代さん。観客も、日本人の登壇者たちも、フランスの出版社や詩人がこのような状況下で日本に来ることを決めたのに驚いていた。彼らが来てくれたことに心から感謝し、嬉しく思っているという。他の外国人が来日を取りやめている中で、今回の詩人たちの来日は、勇気ある行動と捉えられているのだ。

確かに、もしわたしが、同じような災害に見舞われた国から招待されたら、果たして出かけただろうか。例えば、大好きだが同じように地震の多い台湾にこのようなことが起きたとしたら、どうだっただろう。

でも問題は、行くべきか、とどまるべきか、ではない。行動するにしてもしないにしても、どちらにも正当な理由がある。そういう状況でありながらも行く必要があると思うこと、個人的に、今だからこそ滞在することを重要だと思うこと、それが何かを考えるべきなのだ。

この日の午後は、日本人とフランス人の詩人のディスカッションがあり、その中で水無田気流さんは、震災後、詩作を止められないと言った。彼女の専門の社会学の論文や文芸批評ではなく、ずっと詩を書いている、というのだ。

今回の出来事が作家に引き起こした潜在性は本当に多様なのだ。

四月二十七日

イベントの三日目は、クリスチャン・プリジャン、ヴァンダ・ベネスと、日本のヴァーバル・アート・ユニットであるトルタ。

四日前から、異常なほどの晴天。午後に少し時間ができたので、神楽坂界隈を散歩する。不思議なことだが、この数日間、わたしは安らいだ心持ちでいる。両親に守られている小さな子のように。フランス人の詩人仲間と一緒にいること、自分のフランスの出版社が東京について来てくれていること、創作の場を共にする、家族とでもいうべき人たちに囲まれていることもあるだろう。自分のフランスでの環境を少しだけ東京に持ってきたかのよう。この人たちの庇護下で、子供っぽい安心感を抱くことができているのだろう。

また、この数日、イベントのおかげで、朝から晩まで詩のことを考えているせいもあるのだろう。時事ニュースとはしばし休戦協定を結び、原発事故に関するテレビ番組もウェブサイトもこのところは見ていなかった。

それに、これまで一時帰国していた時だって、神楽坂でこれほど時間を費やすことはほとんどなかった。特に、神楽坂に住んでいた祖父が亡くなった後では。

自分の幼少時代、青春のすべてがこの地区に凝縮している。そのあと両親が別の地域に家を建て引越しこそしたものの、わたしは飽きることなく神楽坂を訪れ続け、休暇となれば常に祖父母の家で過ごした。祖父が出版社に勤めていたので、この地区はわたしにとってはいつでも読書に結び付いていた。幼い頃、二人で神保町まで散歩をしては、祖父はわたしが読みたい本をすべて買ってくれたものだった。製本所の機械音や、近くにあった印刷所の紙やインクの匂いを今でも覚えている。

出版社の地区を通り過ぎ、坂を下りると製本所、ついで印刷所の地区が現れる。東京の中心に位置しているにもかかわらず、この地区は不思議なことに昔の雰囲気を残している。わたしが子供の時から知っている雰囲気を。もしかしたらそのせいで、何も恐ろしいことは起こらないよ、人生はこのように穏やかに過ぎていくのだからね、と神楽坂が言ってくれているように感じているのかもしれない。

二つの時間が重なる。現在の自分の創作の場所であるフランスと、かつての読書の場所であった神楽坂。この二つがわたしを二重に守ってくれている。

わたしは神楽坂を眺める。神楽の坂、神楽、音楽と舞踊の神の坂。そしてこう思う、わたしが日本で生きた時間を保存し証言するこの場所がもしなくなったら、それはわたしの一部が死んだも同然になるだろう。自分の人生を証言してくれる人や場所を失う時、同時に自分の生もどこかが欠けてしまう。

わたしはこの地区を、温かな気持ちで眺める。同時に、自分の意思とはかかわりなく、そこにもうひとつのイメージを重ねずにはいられない。この地区が破壊され、見る影もなくなったイメージ。それは、東京が自分たちの番としていずれは被ることになるだろう、大震災後の未来のイメージなのだ。

わたしのフランス語の本を出している出版社の社長ポールは、今日秋葉原を散策してきたという。わたしは、秋葉原が、火を鎮める火防の神、秋葉大権現から来ていることを思い出す。

四月二十八日

イベントの四日目は、P・O・L社代表ポール・オチャコフスキー＝ロランと、思潮社の小田康之、そして和合亮一との対談。

和合亮一の朗読を聴きながら、わたしは、同じテキストが、ツイッター上で読んでいた時とは全く異なる印象を与えることに気がつく。スクリーン上で読んでいた時には、時に直接的で感情的でもありうる表現は全く気にならなかったのに、朗読を聞いているとそうではないのに気がつく。限界状況で読まれていた、目にするやいなや消えてしまいかねない、はかない存在だった文章が一旦紙の上に固定され、読み上げられると、裸体を晒され、情緒過剰になってしまう。

震災の時にフランスにいて、その後いわきに行ったフランスの詩人が朗読をする。彼は自分の体験を甚だしく慎みに欠けるやり方で読み上げる。でも、彼の朗読の中で気になったのは、朗読の仕方とか、内容のぎこちなさではない。問題なのは固有名詞を発音するやり方だった。彼が朗々と読み上げるトンネルの名前は、日本語のはずなのにわたしには何のことかひとつもわからなかった。そして、もったいぶって間を置いてから、「ゴジラ」というところを「ゴジヤ」と、何の疑いもなく発音した時、わたしの中で何かが明らかになった。

災害の際には、重要な問題はすべて固有名詞の周りを巡る。別に自分が日本人だから、外国人の発音が気に入らないと言っているのではない。わたし自身フランス語を話す時には必ず日本語アクセントを引きずり、それを隠そうともとしていないのだから。それに、日本語はフランス語よりも音が少ないから、フランス人の発音は概ねそう悪くはない。そうではなく、この晩わたしが聞いたのは別のこと。問題になっていたのは、カタストロフをどう発語するか、ということだった。

固有名詞を発語することは、呼ばれたもののイメージや存在を召喚することだ。私は完璧に正確に発音すべきだと言っているのではない。その発音に気を遣わなかった場合、発音を名に近づけようという意識さえもなかった場合、その固有名詞が生き、その名詞によって生きられたものは否定されてしまう。

この詩人は「ゴジラ」ではなく、「ゴジヤ」の話をしているのだから、それはわたしたちの物語ではない。別のカタストロフ。その物語は、どこか別の場所で起こったかもしれないが、ここではない。

中村鐵太郎さんは、五百二十人の死者を出した一九八五年八月十二日の日本航空墜落事故の後、乗客名をテレビ画面に映しながら読み上げていたキャスターの木村太郎が、日航社長の記者会見があるというので途中でカメラと音声が切り替わろうとしていた時、上司が止めたのにもかかわらず乗客名簿を読み続けたというエピソードを教えてくれた。

わたしは、カタカナで手書きで書かれた、司会者が読んでいたというその乗客名簿の写真を見る。三月十一日にわたしが耳にしたのは、おそらく漢字で、ふりがなを添えずにニュースキャスターに渡された名前のリストだった。それで、ニュースキャスターは読みを一時ためらってしまったのだろう。そこでは、名前が揺れていたのだ。日本航空墜落事故の際には、漢字ではなく、名前の読みだけが司会者に手渡されていた。

日本語の固有名詞においては、漢字とその読みが共存する。読み方は人によって異なる場合も多い。通常の死においては、名前の文字とその読みが故人に二つながらに付き添っている。漢字で書かれた文字には正しい読みが与えられる。カタストロフの場合、日本の固有名詞の持っているこの二重の装置が揺さぶられ、死者は自分の名前の文字か読み、またはその二つを失ってしまうことがある。

固有名詞が揺れる。

それが、人が悲劇と呼ぶものだ。


それ以降、日航機123便という便名は登録抹消された。

四月二十九日
震災から四十九日経った。

亡くなった人の魂が旅立つ日だ。

毎日のように新聞に掲載される死者のリストは日々短くなるものの、四十九日経った今も消えはしない。

ある新聞では、死亡欄の最後に、こうあった。

「宮城県警は、「ヒラタリツコ」さんを「ヒラタリウコ」さんに訂正します」

遺族が引き取りに来なかったために、名が知られないままに埋葬された人たちの場所の写真がある。その後、遺族が遺体を見つけた場合もあるが、その場合にも、遺族の家のお墓などに埋葬されるまでは遺体はこの場に残っている。写真には、「C-3-3」と記された墓にお参りしている家族がいる。「C-3-2」と「C-3-6」のお墓には花が供えられている。

四月三十日

ある時まで、わたしは、この本を、自分が日本に出発するところで書き終えようと思っていた。何かがすでに終わりを告げた、と感じた時のことだ。わたしは終末を震災の現地で感じるのを恐れていたのだ。

結局、わたしは日本に行った後もこのテキストを書き続けてよかったと思う。それは、何かが終わったという現実を否定するためではない。何かが終わりを告げた、または何かが取り返しのつかないほど壊れてしまったことには違いない。でも、もし東京での体験がなかったら、このテキストは、誠実なレポートにはなっても、もっと暗い色を帯びてしまったことだろう。声にもニュアンスにも欠けるものになったに違いない。

どんな本にも、必ず終わりがある。そして、現実には、必ずといって終わりはない。カタストロフや革命は、だから出来事の途中で書き終えるしかない。カタストロフや革命、戦争は、出来事が終わったと思った時点で終わるのではないからだ。一見それらが終わったように見えてもずっと続いている。この本にはだから、続きが欠け続けることだろう。現実としての続きが。その続きが、悲劇的であるのか、幸せなものであるのかはわからない。結局のところ、わたしはこの本に幸せな終わりを与えることはできなかった。終わりは、存在しないからだ。

声は現れる

世界がいちだん、昏《くら》さを増す。

それとも、昏さを増したのは世界ではなく、わたしの方が世界から退けられたのだろうか。もっと明るく、風通しの良いあの世界から。

これから書かれるのは個人的な物語。この文章を記しているわたしの、という意味ではなく、具体的にこの世界に存在していたひとりの人の。

ひとつの、声に関わる物語。

声はいつだって、具体的なものだから。

大切な人の声を録音してください。この本は、ただそう言うために書かれた。

文学の中では、時に自分たちの人生にも役立つ助言が得られることがある。わたしが今までにどの本の中でも与えたことがないこの助言は、きっといつかあなたたちの役に立つことがある。悲しいけれど、わたしはそのことを知っている。

——

その、録音された声が、あなたの時制をかき乱すことがあるとしても。

——

これは、いなくなってしまった人たちと、その声の物語。ひとつめは、決して録音されることがなかった、大事な声の話。身体は、声も連れて去ってしまったから、この世界に再び現前させることはできない。ただ、頭の中に響く声だけが残っている。

それから、もうひとつの声の話、何百時間も録音され、公共電波に流れていた声の。共有されていた声。誰もが、何日間でも続けて聴くことのできる声。

それからまた、その声を宿していて、今はいなくなってしまった身体の物語でもあるのかもしれない。この世界から引き離されてしまった身体。または、それらの身体が存在していた世界から退けられたわたしの。

そう、だからわたしが、大切な人の声を録音することを勧めるのは、その人たちはいなくなってしまうことがあるから。その時がいつ来るのかは、前もってはわからない。そう、皮肉なことに、身体は、録音された声よりも、ずっとはかない。

ひとりの人が残した徴《しるし》はすべて、遅かれ早かれ、何の跡も残さず消えてしまうものだ、そう諦めてしまうこともできるけれど。

声は時制をかき乱す。

声が時制をかき乱すのは、それがいつまでも現在にいることを強いられるから。生の声はもちろん、録音された声も、いつだって現在形として現れる。それ以外にはありえない。

現在に生きるわたしたちは、録音された声とは異なり、もうそこにない現在を繰り返すことはできない。言い換えるなら、わたしたちは、その、一瞬ごとに逃れていく現在を自分の手にすることはできない。

わたしたちは、別の時制に生きるこの声を聞く。同じ世界で、二つの時制が交わりあい、時制だけではなく、わたしたち自身もかき乱される。

この声は、人の残した徴、その人が生きていた証として、現在に引き戻されるのか。

そう、ひとりの人が残すことのできるあらゆる他の徴と同様に。

もちろん、声は、もう決して戻ることのないその人自身ではない。

でも、声は、亡くなった人の残した徴からかろうじて拾い集める、ちっぽけなかけらというわけでもない。

それは、ひとりの人の生きた「現在形」を体現している。

人そのものというわけではなく、人の現在、かつてここにいた人の「現在」そのものが、声となって今も残っているのだ。

どうして、人が存在するのは好ましいとされ、その不在はつねに厭われるのか。

どうして、人がいなくなってしまうことはいつもこんなにも辛いのだろう。どうして、そこからはどんな喜びも見いだすことができないのだろう。まるで、「不在」という状態に、悲嘆という感情だけが最初から刻み込まれているかのようだ。人の、他の状態は、わたしたちに様々な感情を呼び起こすのに。

それとも、「存在」に対置するべきなのは「不在」ではなく、消失なのかもしれない。人の存在は、生がある限り続いていくものだけど、ひとりの人が亡くなった後起こることは、不在、という静的な状態ではなく、毎秒新たなものとして訪れ続ける消失なのだから。それがわたしたちの心をかき乱し、わたしたちに襲いかかる。それはひとつの状態ではなく、終わることなく繰り返される行為なのだ。

不在の方はおそらく、他の様々な状態と同じように、（本当はそうでないにしても）あくまでも一時的で例外的であるべきものとして「存在」と一部分だけつながれている。

人が亡くなったあと、その人のことを考えるたびに、そして考えていない時でも、消失は、好むと好まざるとにかかわらずわたしたちの元を訪れ、失った瞬間を再び生き直させる。一瞬ごと、「消失」という動作の刃が振り下ろされる。

でも、あるものが失われるためには、それはその前にここにあったはず。消失は、毎回、それが存在した瞬間の上に振りかざされる。ある人がもう亡くなっていて、その存在はもうどこにもないにしても。

または、まさにその瞬間にこそ、起源としてあった場所には存在の代わりに不在がその位置を占め、わたしたちは、消失よりももっと深い淵になだれ落ちていくのかもしれない。

喪の作業が進むにつれ、「消失」に襲われることは少なくなる。しかし、不在は、消えることがない。

―――

亡命者はもちろんのこと、そうでなくても、生まれた場所からあまりにも遠くに生の拠点を移した者は、近親者の死に立ち会うことが許されない。そういったことはあまりにも頻繁に起こり、その時、死は、それを電話で伝える声に伴ってやってくる。

電話から聞こえてくる現在の声が、もうひとつの声が消えてしまったことを告げる。

あまりにもあっけなくあなたから奪い去られてしまい、そして、もうあなたが聞くことのない声。

もうその声を聞くことはないだろう、とあなたに告げる声。

ひとつの声が消えてしまったことが、もうひとつの声によって伝えられる時、電話の向こうでそれを聞く者は、その声と一緒に去ってしまった身体を見ることがない。死は、蒸発してしまった人のように、抽象的であり続ける。他のすべての人にとっては死者であるのに、その人にとってだけは行方不明者であり続ける。生きていた人の声はその人からは奪われてしまった。そして、これ以降は、死という概念そのものさえその人から取り上げられてしまったのだ。この二つともが奪われるのが、亡命者であること、亡くなりつつある近親者の姿に立ち会えないことが意味する悲劇だ。

わたしは、祖父がこの世を去る瞬間に傍にいてあげられないだろうと知っていた。わたしは母親の携帯に電話をかけ、母は祖父の耳元に受話器を当てた。祖父は涙を流していたという。わたしの声は、少なくとも、祖父の耳に現在形で届いただろうか。祖父が旅立つその瞬間の現在、まもなく、祖父にとって、そしてわたしたちにとっても、過去になってしまうその現在形で？

死が遠くで起こる時、亡命者や、その場所に戻ることのかなわない者は、誰も彼もが嘘をついているのだ、と考える。電話で伝えられたことは間違っていたのだと。本当は、死の概念が彼から取り上げられて、喪の作業が奪われているから、そう思ってしまうに過ぎないのに。理由もなく希望を抱き続け、戻ってくることのない声が到来するのを待ち続ける。そのような場合、消失は、死者を目にした者の側ではすでに機能し始めているのに、電話の向こう側では、際限なく外に追いやられている。

電話の向こうで、それを見越して、死の知らせを届けないこともある。アフガン作家のアティーク・ラヒーミーは、亡命してフランスに移り住み始めてから何年もの間、兄が死んだことを知らなかった。彼の家族は、亡命先のアティークに辛い思いをさせまいとして、その死を伝えなかったのだ。

ディドロはこう書いている。時折しか会わない友人や、遠くに住んでいる知り合いの場合、彼らがすでに亡くなっていたことを知らず、ずっと生きていると思っていることがある、と。死の知らせがやってきた瞬間、それ以外の何も変わらずとも、その人たちは死者の中に入れられるのだ、と。

ただひとつの文章を発するだけで、ひとりの人が死の岸に送られてしまうことがあり得る。

もちろん、言葉を拒絶し、本当はいつまでも生きている、そう思い続けることもある。

亡骸は、ある人が生から彼岸へと旅立ち、もう帰ってはこないということの、絶対的な証明としてある。だから、津波の場合のように、遺体そのものが波に連れ去られてしまった時、または、遺体をこの目で見ることができなかった場合、ひとりの人が亡くなったことを証明できるものは何ひとつとしてない。墓も、葬儀の写真も、それらの何ひとつとして論理的には「その人の死」を意味してはいないのだから。

ただ、その人を待ち続ける時間、その人が現れない時間の長さが、耐えきれない状態にまで達した時、周りの人たちが語る、死という「物語」を信じなければならなくなるのだろう。

留守番電話のメッセージに残された声は、その人が死んだことを知り、それを受け入れるまで、生者の声であり続けるのだろうか。

ラジオから流れてくる、もう亡くなった人の声を、それと知らずに聴いている場合、聴く者の耳には、その声は自分と同じ世界にいる身体から来ているかのように響いているのだろうか。本当は、身体はこの世界を去っているのに。

――――

今日、人が残す徴は、写真や動画など、大方は視覚的なものだ。ヴィデオの中に声が入っていることはあっても、声だけを切り離して保存しようと考えることはほとんどない。

死ぬということは、現在では、身体がヴァーチャルな領域に還元されてしまうことを意味する。写真と録音機器が発明される前には、ある身体が亡くなった時に生者に残されるのは、その人の生に付き添った幾つかのオブジェと、その人の服についた匂いだった。

それから、筆跡、つまり、ある仕草の痕跡、読み書きができた人にとっては。

それから、裕福な家族の場合には、肖像画。

それから、髪の毛。

かつては、匂いが、ひとりの人の痕跡をとどめていた。現在、ある瞬間の記念として匂いを保存しようとする人はほとんどいない。

記念写真のように、ある一日の匂いや、旅行の匂いを閉じ込めた小瓶があってもいいのに。一日のある時間帯に家の中に漂う匂い、その家の雰囲気や、そこで起こる感情の有り様を想起させる匂いは、保存することができるのだろうか。

それから、この世を去ってしまった人たちの匂い。その匂いを取っておくこと。

実際のところ、わたしたちの社会において、匂いや毛髪、手書きの紙など、身体の直接的な痕跡を取っておくことはほとんどない。もう少し間接的な、人の手によってこしらえられたもの、編まれたもの、繕われたものなども、残されることが少なくなった。今、亡くなった人が作っておいたジャムや梅干しを食べることは、あるだろうか。ましてや、肌や、身体自体をミイラのような形で取っておくことはもっと少ない。身体性のない、写真やヴィデオが残される。

かつては、毛髪の束を友愛の証として交換することがあった。親友の身体の一部をそのようにして取っておくのは何も不自然なことではなく、この風習は二十世紀に至るまで続いていた。毛髪は、触覚や嗅覚を喚起するものでもあったが、現在、わたしたちは身体の領域から退いて、匂いも触覚もないゾーンに入っている。

声は、身体の中で、わたしたちが埋葬することのできない唯一の部分だ。声帯を埋葬することはできるけれど、声、記録された音波はその限りではない。

写真は身体が残した痕跡だが、声は、身体から伸び、つながっている何かだ。

肌や毛髪は、より具体的で、身体に近い。身体そのものである、とも言える。しかし、それらは、生きていたその人よりもむしろ、その身体について雄弁に語る。それに対して、声は、その人と身体との両方を語ることができる。

それでは、視覚は？　匂いは？

誰かが亡くなってずっと経ってから、写真に写るその人の視線に思わず息を呑むことがある。それは、一瞬立ち現れる「現在」そのものだ。でもその視線は、すぐに、その視線を発する身体のイメージ全体、ある時代に閉じ込められたイメージの内部に再び取り込まれてしまう。

生の一瞬のかがやきが今でもわたしたちを捉えるそういった視線を別にすれば、写真というジャンルも、被写体も、わたしたちと同じ時制に属している。匂いはといえば、それは幾つかの要素と常に結びついている。それは、誰かがいた、という純粋な徴ではない。服の匂いには、例えば、石鹸や、香水などが混じっている。

そういった匂いもまた、それが現れる時には「現在形」を伴うが、それはあまりにも脆い。それに、匂いを長い間保存しておくことは難しい。香水の調合を保存する研究所などを除いては。それは、まるで考古学の発掘作業で、棺の中に閉じ込められていた花弁を保存するのにも似ている。匂いは、保存するにしても、ダメージを受けずにはいない。箱を開けて匂いを嗅ぐたびに、閉じ込められた香りは少しずつ失われていく。

声は、もとのままであり続ける。

——

どうして声と視線とをそんな風に分けようとするのか。それは、声の持つ性質が、それが鼓膜にじかに触れることにあるから。視線は、それがどんなに強烈でも、わたしたちに「触れる」ことはない。それは、生者であろうと死者であろうと同様だ。

生きている限り別の人にじかに触れることができる肌を除いては、ただ声のみが、音の波として発され、じかにわたしたちの鼓膜に触れ、耳を温めることができる。

その二つの領域にのみ、「触れること」が存在する。

死後も、声のその性質は変わることがない。誰かがいなくなった後も触れることのできる唯一の器官として、わたしたちは、その人が残した最後の一部にしがみつく。

ジャン＝リュック・ナンシーは、わたしにこう話してくれた。

「作家や哲学者の友人たちで、わたしが思い起こすのはその声や仕草で、その著書ではない。本の中にあるのはある人の仕事だが、人そのものではない」

テキストはどこにでも行くことができる。人間が作り出すものの中で最も抽象的である書物は、時代を超え、生者におかまいなしに、著者の死のずっと後も生き続けることができる。

書簡や手書きの手紙などにおいては、亡くなった人たちの身体は強く現れる。それがおそらく、ある作家の「声」を求める人たちにとって、書簡が時には倒錯的な魅力を持つ理由でもあるのだろう。でも、それは実際の声とは何の関係もない。

本当の声は、死者を厄介払いしたい生者たちを時に畏れさせる。というのも、声はわたしたちの元を訪れるから。そしてわたしたちを不安にさせるから。生者と死者との行き来するこの道を忌避し、二つの世界にはっきりと線引きをしようとする者たちは、録音された声を排除しようとするだろう。それを必死に求める者たちがいる一方で。

――

ラジオの声は、録音された時から、ずっと「現在」であり続ける。個人的な用途で録音された声より現在性がさらに強いかもしれないのは、ラジオの声はリスナーに呼びかけるからだ。多くの他者に向けて。声が、話しかける相手を定めない時、それは多くの耳に向けて開かれた性質を獲得する。誰か特定の人に向けられる声は、時間に切り取られる。

(もちろん、どんな対話も相手を必要とするからには、「開かれた」不特定の聞き手を相手にしても、他のあらゆる物事同様、時制に縛られている。しかし、少なくとも理論上は、ラジオはあらゆる人に向けられている声だ)

身体から自由になったその声は、過剰なほどの「現在」を纏う。声は、吐息に近く、具体的であると同時におぼろげだ。でも、抽象的ではない。

――

ラジオや電話は、時制を揺らすだけではなく、距離からも逃れている。というよりは、そもそも距離というものを知らない。わたしは、どこにいても同じように、イタリアやフランスのラジオ局、日本のラジオ番組を聴く。でも、だからと言って実際にも距離が存在しないと考える時、わたしたちは故意に何かを忘れたふりをしているのだ。

――

「摩滅」を恐れること。

故人にまつわる物語には、いつも摩滅の問題が潜んでいる。例えば、録音された声を何度も聞き直したせいで、その声を新鮮な感覚を伴って聞くことができなくなるとか、ある写真を毎日見ることで、そこに写っている人が存在感を伴って立ち上がってこなくなるとか。悲しみをすり減らし、消失を磨耗させることで、消失自体も消耗し、失くなってしまうだろう。摩滅は、消失を追いやるただひとつの方法だ。そのあとに残されるのは、消失も、現れもない世界。生気のない、不在に満ちた世界。

人は、磨耗を恐れる。それが愛する人の死であれば、その悲しみをすり減らしてしまうことを恐れる。悲しみや、消失に襲われている方が、絶えざる忘却と不在が支配する世界に行くよりも良いと考える。ある友人は、亡くなった父親の声が録音されたカセットテープを持っているが、それを「使い切ってしまう」不安から、聞くことはほとんどないという。祖母が書き残した料理のレシピを持っているが、作らない人もいる。記憶の中では特別な味を湛えているその料理が、月並みな料理に成り果ててしまうことを懸念しているのだと彼女は言う。もしかしたら、かつて知っていた味のようには作れないことを恐れているのかもしれない。ことは必ずしも料理の腕の問題ではなく、それを作っていた人が亡くなってから時間が経つと、それを食べていた人の味覚も変わり、摩滅していることもあるからだ。

マッチ売りの少女のように、わたしたちは、亡くなった人たちが再び現れることを望んでいる。そのためなら、どんな手段を使っても構わない。でも、使うごとに、箱の中のマッチは減り、最後には、どんなイメージも現れなくなってしまう。

一方では、わたしは、その声がいつまででも「現れ」続けてほしいと思う。でももう一方で、その現れを最後まで使い切り、声が今後は抽象的なものになってしまうのだと観念してしまいたくもある。

抽象的、だろうか。いや、声は、繰り返しになるが、常に具体的だ。世界から退けられたのは声ではなく、声の出所だ。その声が身体と一緒に存在していた世界からわたしが退けられたように。

わたしは、常にここにあり、現在形そのものであるその声を聞く。最初に聞いた時の衝撃は弱まっても、最初の何秒間かの「磨耗」の印象が過ぎた後では、現在形は、消えることはなく、立ち戻ってくる。

現在が立ち戻ってくるというのは不思議な言い方で、それはまるで、その現在が、現在ではないどこかに行っていたかのようだ。それとも、実はここにずっとあった現在が、今立ち上がったように見えているのだろうか。

わたしたちは、声の肌理やざらつきを、小鳥が木の実を啄《ついば》むように少しずつ味わう。または、指についた蜂蜜を舐める時のように。

声の肌理《きめ》やざらつきは、身体におけるほくろや皺、染み、筋肉のつき方にも似ている。肌の色、体の動き、目の瞬き、髪に触れた時の感触、声を発する時の、唇の動き。

声の肌理は声の身体そのものでもある。声の四肢。

身体そのものの描写をすることはできる。視覚的な要素は描写に向いている。でも、音や声は、すぐにそれと認めることができるのに、描写はほとんど不可能だ。

わたしたちも、いつかはそのような声となるだろう。耳に聞こえるが、それを発していた器官である身体からは切り離されて。

ある人への思いは、波のように打ち寄せ返す。いつまでも、その人をつなぎとめておこうとするかのように。その思いをわたしたちが共有することを強い、同時に、その人にもわたしたちの傍にいることを強いるかのように。

――

ある人が決定的にいなくなることの中には、何か「荒廃的な」ものがある。わたしたちは荒廃した地に置き去られる。抽象的な空間の話ではない。その人が去って行ったことで、わたしたちの中には大きな穴が空いてしまう。それは、廃墟と悲しみでできた大きな空間だ。その空間を離れて、その人が今いる場所に合流したいのに、その人はすでにどんな空間をも占めることはない。わたしたちに残された唯一の徴は、オブジェや写真、または、常に現在形でい続ける声くらい。でもそれはもうこの世界の現在形ではないのだ。

「忘れがたい」。声が存在する限り、わたしたちはその人を忘れることができない。声は、その人から、その存在からやってきたものだから。

それを忘れることはできない。

それはあなたたちの眼の前に現れる。

声に関しては、そもそも「忘れる」という言葉自体が場所を持たないのだから、「忘れられないこと」という表現さえも存在しない。

それは、録音されていない声についても言える。それらの声は、あまりにもうつろいやすく、もう現在形ではないが、それを忘れることはない。「忘れる」という言葉は声とは共存することはできないから、「声を忘れない」と言うことさえもふさわしくない。声は、ただ、そこにある。

わたしたちが磨耗させるのは消失だけではない。磨耗はどんな経験にも当てはまる。ある国への滞在や、最初に食べた料理は、わたしたちがその経験を繰り返すに従ってその瑞々しさ、力強さを失う。わたしたちの人生全体が、そういった事柄で構成されている。そもそも、わたしたちの存在それ自体が過去に飲み込まれるものだからこそ、わたしたちは「磨耗」をこんなにも恐れるのだ。何もかもがものすごい勢いで過去に飛び去っていくこの世界で、声は、わたしたちに由来するものの中で唯一、奇跡的に、それが今いる固有の場所にとどまっている。

ラジオを聞いている時、わたしたちは親密な空間にいる。

それは、テレビを見る行為よりも、むしろ電話での会話に近いかもしれない。

ラジオは不特定の聴衆に働きかけるが、そこでの声は、それを聞く者ひとりひとりの元に届く。ラジオの番組で、司会が時に電話を通してリスナーと話すのは、ある種「理にかなって」いる。ラジオは、ずっとそういうものだった。声の音波を伝える箱。司会は個別のリスナーに話しかけるが、同時にその声は一般にも流されている。

電話の使用法と、ラジオのそれとの境界は、このメディアが作られた時から常に曖昧だった。電話はプライヴェートな空間を占めるが、ラジオは常に、公共空間と、親密な空間という二つの空間の間を行き来している。

わたしたちは「声の届くところ」にいる。

そして、ラジオ局のスタジオに働く人間を知っているなら、公共空間と、私的な空間の領域は、さらに揺らぐ。

ある時、わたしは、自分にとってきわめて親密に感じられる声がラジオから聞こえてきたことに驚いた。その声の肌理には聞き覚えがあったけれど、しばらくの間、それが誰のものなのかわからなかった。

それは、歴史家ロジェ・シャルチエのもので、わたしは仕事で彼の講演会のテープ起こしをしたことがあったのだ。実際シャルチエ氏には一度しか会っていないけれど、彼の言葉を書き起こしながら、その声はわたしの耳と指を一度通った。そのせいで、その声は、こんなにも親密なものとして聞こえてきたのだった。

ある時、わたしは友人宅に夕食に招かれた。そこには他にも何人かの招待客がいたが、皆会ったことのない人だった。わたしは、ある若い男性の隣に座ったが、初めて会うのに、その声には聞き覚えがあった。まるで、親しい友人に再会したように、見知らぬ人に対して、すぐに奇妙な親密さを感じたのだったが、それがどのような現象なのかはよく理解できなかった。その声がわたしに喚起する奇妙な二重の印象に、わたしはほとんど困惑さえ覚えていた。

話しているうちに、彼があるラジオ番組の司会をしているということがわかった。わたしは家ではラジオをつけたままにしているので、常に注意深く聴いているわけではないにしても、幾つかの番組は自分にとっては耳に親しいものになっていたのだった。こんな風に、何気なく聞いていた声が、これほど深く自分の親しい領域に入ってくることがあるとは考えもしなかった。

日本では、アーティストや知識人の議論の場となるラジオ文化はそれほど発達していないけれど、フランスでは、文学やアートの世界に生きている人間にとって、自分の知り合いがラジオ番組に出ているのをたまたま耳にすることも、その反対に、それまでラジオで聞いていた声の持ち主と知り合いになることも珍しくはない。声の宿主である身体を、声に遅れて知ること。時間を隔てて、二回に分けて出会うこと。

ラジオの声に恋をする、と想像すること。

または、その声をラジオを通して電波に流している人に恋をすること。

電話の、メッセージの親密さ。

ある時期、東京からパリの家に電話をかけてきていた祖父のメッセージを固定電話に保存しておいたことがある。留守電用に内蔵されたカセットの長さは限られていたので、わたしは定期的に、一番重要なメッセージだけを選択して取っておいた。電話でのメッセージは、特定の人に当てられているので、これ以上なくプライヴェートなものだ。そこでは、メッセージとして声を残す人の名と、その声が届けられる人の名、双方の名前が発語される。わたしはこれらのメッセージを取っておいた。わたしの名前を呼ぶ声を。

祖父が亡くなった後で、最後の助けを求めるかのように、そのメッセージをもう一度聴こうとしたけれど、メッセージはことごとく消え去っていたのだった。

おそらく、ある時に消去してしまったのだろう、何かのために……。何のために？

——

「それは、わたしがすでに、多くの影とともに、この腕をすり抜けるがままにしてしまった親しい影であり、受話器の前だけで、虚しく、こう言い続けていたのだった。「おばあちゃん、おばあちゃん」ただひとり、残されたオルフェウスのように、亡くなった女性の名前を呼び続けて」

相手の姿を見るためには、目の前にいなければならない。でも声は、後ろからあなたに呼びかけることもあるし、あまりに遠くからで、その声がどこから来ているのかわからない時もある。

わたしたちの鼓膜には、決して離別したくなかった人たちの声が刻まれている。墓標、または刺青のように、それらの声は、わたしたちの体に刻まれている。

刻む、というのが多分ふさわしい言葉なのだ。わたしたちの元を離れず、わたしたちの一部になる声がある。わたしたちの体を貫いた幾つもの視線のように。わたしたちは、それを「記憶」にとどめておくだけではなく、自分の体にとどめておく、体のあたたかさの中に。どこに、なのかは正確にはわからないけれど。

ひとりの人の声は、ただひとつの文章として残されている時もある。わたしは、彫刻家の若林奮《いさむ》さんに付き添って、ラスコーの洞窟を訪ねた時のことを思い出す。旅行のメンバーは、画家や学芸員たちで構成されていたので、夕食の際、当然のように、テーブルでの話題は、それぞれの仕事のことになった。ある時に、若林さんは、このように話を切り出した。

「わたしに、あと十年仕事をする時間が残されているとしまして……」

その言葉はすぐに、他の人々に、冗談交じりに打ち消された。六十代に入ったばかりで、健康そのものに見えた若林さんのその言葉は、現実味を持たないように思われたのだ。若林さんが、その言葉を発した時に考えていたのは、おそらく、時間には限りがある、ということだったのだろう。時間に対する鋭い意識を持っていた作家だったから。

彼はその五年後に亡くなった。六十七歳だった。

若林さんのその言葉を、わたしはその晩記憶にとどめたのだろうか、それとも、彼が亡くなった後で、何年も前に耳にしたその言葉が、過去から戻ってきて、わたしの体の中に身を落ち着けたのだろうか。

文章のただ一部しか含まれていないから、その声は、エンドレスで繰り返す。わたしに、あと十年仕事をする時間が残されているとしまして……わたしに、あと十年……声は場所を占め、わたしには十年（または五年）が残されている、と想像するように命じる。

その声が過去から戻ってきたのだとしたら、それは、わたしたちが耳にした声をすべて残しておける声のアーカイヴがある、ということなのだろうか。そして、藁の束の中から一本の針を探すかのように、声を見つけることができるのだろうか。

わたしはその、声のアーカイヴを訪ねたい。

――――

録音の際には通常、特殊効果を出そうというのでもない限り、音質を上げるためにノイズや他の雑音を機械的に消すことになっている。だからこそなおさら、わたしたちの耳は、侵入してくるどんな音をも、待ち伏せていたかのように敏感に捉えてしまう。

声だけが、装飾も背景もなく、ひとりの人のシルエットのように現れる。ホログラフィーのように、亡霊のように。

ホログラフィーが現れる。

それは亡霊としての声なのだろうか。

そうでもあるし、そうでもない。

声と亡霊の両方に共通しているのは、どちらも時制をかき乱すということ。亡霊は声ほどには「現在」にいるわけではないが、亡霊が現れる時、わたしたちは、わたしたち自身が過去に引き戻されているのか、それとも過去が現在を訪れているのかを知らない。

「すでに」という言葉を含む文章の中で起こることを、わたしたちは変更することができない。でも、その「すでに」が引き退がる場合があって、それが、亡霊が現れる時だ。「すでに」この世を去ってしまった人が現在という時制にまで戻されているのか、わたしたちが、後ろに何があるかわからないまま、後ずさりをしていくのか。いなくなった者の姿が再び現れる。電車が後ろ向きに走り、風景が退いていくように。

亡霊は、訪れる存在である。それが、亡霊であることの一番の条件だ。

亡霊が行き来する。二つの時制の間を、彼ら自身も、現在なのか過去なのかを知らないまま。

声は、どこかから来るのではない。声は、煉獄にも似た場所、一種の待合室に待機していて、そこから現れ出る。長い行路を辿ってやってくるのではない。声は、現在に、現在としてある。

その声を聞けば聞くほど、わたしは、時間の揺らぎに襲われる。声は現在にとどまっているが、その現在は、様々な時間にかつては属していた、その別々の瞬間を受け入れたままの現在であって、生者の、一瞬ごとに新しくなる現在ではない。声の現在というのは、様々な時間が整理されないままに凝固した現在で、その性質上、秩序のない形でしかありえない。現実の世界には存在しない現在形。でも、実際にはこの現実の世界で、その、様々な時が重なって固まった声をわたしは聞いている。

ラジオは、それが発する声の響きに、細かく揺れ始める。コンピュータでラジオを聞きながらキーボードに触れている時、機械は、指に、知覚できるかどうかの細かい揺れを伝えてくる。声が、指に直接触れているのだろうか。そして、かすかに熱を含むコンピュータは、声の吐息によって温められているのだろうか。

冬の朝、楽器を演奏する前に温めるように、声が発せられるためには、声帯が温められる必要がある。録音されたこの声の場合、もうそれを発していた体は温かさを失ってしまったのに、声が、コンピュータを温めている。

「録音の際には通常、特殊効果を出そうというのでもない限り、音質を上げるためにノイズや他の雑音を機械的に消すことになっている」とわたしは書いた。今、ラジオから声とともに聞こえているのは、かすかで定期的に昇ってくる音の粒で、それは水槽に設置された酸素ポンプの音を思わせた。

あるいは、病院で、酸素マスクと点滴とともに録音された声を。

声がためらう。

声の録音中、静寂がそこに入り込む時、それは、どんな時制に属しているのだろうか。その静寂、その亀裂は、わたしたちの現在形の方に近寄り、録音された場所を過去に捨て去ってしまうのだろうか。

――

その声が録音された最後の機会、数回にわたって放送されたインタビューの最後に、司会の声が言う。「録音条件のせいで、すべての録音を放送することはできませんでした」

わたしは、録音され、その後捨てられた声を想像する。それを聞く耳を持たなかった声を。

録音された声は現在にあるけれど、その声はすでに「完了」している。声はすでに行きつくべき場所に行ってしまっているのだが、同時に、それはいつでも現在として立ち現れる。完了は過去と同義ではないから。声は、一本の線状にある時制の中に書き込まれるのではない。それは、時間的には二つの性質を持っている。そこには、不一致は何もない。完了したものは、現在の領域にとどまることができる。

イメージはわたしたちを騙すことがない。イメージはわたしたちの時制の法則に搦め取られている。少なくとも、わたしたちが、イメージを「わたしたちの時制」であるものの中に整理するのだ。結果として、イメージはその時制の二重の性質にアクセスすることは決してない。写真も、動画も、過去から出ることはできない。それらのイメージは、過ぎ去る時に抗うことができないために磨耗し、過去のものとして、忘れられ、整理され、ピンで留められてしまう。

時として、わたしたちは、自分にあれほど親しかったはずのイメージを見て、そこに、わたしたちとイメージを切り離す距離ができてしまっていることに驚く。それは、わたしたちに運命付けられている忘却よりもなおはやい速度で起きる。

もしもわたしとあの人の電話での会話が録音されていたなら、それはどの時制に属することになったのだろうか。声は現在に現れるけれど、生きている者の声は、その録音を、生者の時制の方にとどめてしまうのだろうか。

——

——

作家、エドゥアール・グリッサンの死去ののち、フランスのラジオ局、フランス・キュルチュールは追悼番組をまる一日かけて放送し、わたしは、それを、朝から夜遅くまで聴いた。若い日のグリッサン。わたしも行ったことのある朗読会や講演会などを開いていた頃のグリッサン。わたしは、その声が、同じ人に属するのにもかかわらず、調子を変えるのを聞き取っていた。スライド写真をはやい速度で流すように、ひとりの人間の人生すべてが、その番組を通じてもう一度辿り直されていた。

しかし、夜になって、番組の最後にオデオン座でグリッサンが行った朗読会が放送された時、私は、他の時期のものとは全く異なる彼の声の響きに衝撃を受けた。それは、グリッサンが亡くなるたった数ヶ月前のものだった。

その声は告げていた。わたしを懐にとどめていたこの身体はまもなく消えるだろう。わたしは録音され、あなたたちが聞きたい時にはいつでも現れるだろう、しかし、それは、この人間の死を永遠に知らせることでもあるのだ、と。この声であるわたしは、この録音された声が流されるたび、わたしであるこの作家が、近々、避けようもなく、この世を去ることになると何度でも告げるだろう、と。

この声は、二重の時制に位置していた。どんな声も持っている時制、そして、声を宿していた、滅ぶべき身体の声の時制。

──

「電話口から、突然、彼女の、かすれ、やつれた、哀れな声が聞こえてきた。それは、わたしが常に知っていた声とは異なり、ひびだらけで、裂け目ができていた。そして、受話器を通してその、血を流し、壊れている声の破片を受けた時に、わたしは初めて、彼女のうちで壊れてしまってもう元に戻らないものの恐ろしさに気がついたのだった」

「声は、それが発された時には、どんな障害物にぶつかることもない。手が声を押しとどめようと口をふさぐのででもない限りは」

「無生物は、事実、声を持たない」

死が近づいた時、声はすでに、何かしらあの世の気配を帯びる。死を前にした声は、他のどんな声とも異なっている。息切れしていたり、普段よりゆっくりしていたり、または、発語が困難そうだったりすることから区別するのではない。そういった、死の床にある声の兆候に見えるものが差異を作るのではない。その声がもうじき発せられなくなると容赦なく告げているのは、そうした、特定できる具体的な性質によるものではない。その声自体が、自分はもう発せられ続けることがない、最後の土地に辿り着いてしまったと予告しているのだ。カセットテープが、終わりに近づいた時に、巻かれる時の粗さや短い断絶などでそれとわかることがあるように。声は、今作られつつある現在の端に辿り着きつつある、と言っているのだ。

―――

亡命者は、死の床にある人の声や、そういった声の録音などによって、やっと死が現実に起こったのだと理解する。その声を、自分が立ち会うことのなかったその死を諦めるために、何度でも聞くだろう。自分が生きることのなかった、その人の死を聞くために。

死による断絶は、誰にも予測することができないが、それは、亡命者にとっては、より劇的なかたちで起こる。

亡命者はそれに備えることができない。近親者の死は亡命した者たちの上にいきなり落ちてくる。突然、自分の眼の前に壁が立ちふさがるかのように。

亡命者にとって、死は死ぬのに長い時間を必要とする。他の人たちが、その人がどのようにして亡くなったかとかを語るのを聞いたり、その人の不在がずっと続いたり、または時には、亡くなる直前のその人の声の録音を聞いたりすることで、亡命者の中で、この世界にいた体が次第に物質性を失い、死が具体化されていく。

それに引き続いて、死がやってくる。

吉増剛造は、彼を取り巻くあらゆるものを録音する。彼ではない詩人の声、彼自身の声、詩の朗読、風の音、何もかも。彼は、そのようにして、カセットテープやＭＰ３などに数え切れない声を残す。様々な音の風景。カセットテープの場合には、彼が耳にした、そして彼自身が発した音は、ザアザアという、テープという物質そのものが発する音に混じって再び立ち現れてくる。それらの録音アーカイヴを聞くためには、彼がそれを耳にしたのと同じだけの時間が必要だ。つまり、一生のかなり多くの時間が、ということ。

パラレルに進む人生。一瞬ごとに過去に送り込まれる現在の連続から成り立つ人生と、常に現在の王国に住まう人生。

録音された声の現在性が、この詩人とその身体に、あれほどまでに特殊な性質を与えているのだろう。彼は、生きている時からすでに、その絶えざる現在に参加しているのだ。常に自分の言葉を二つの現在に投げ込みながら。

本を読んでいる時に、それを書いた人の姿を見ることはない。現れるのは、その人の仕事であって、その人自身ではない。

しかし、それでも、それを書いた人の声を出現させる本がないわけではない。吉増剛造のテキストを読むたびに、わたしが耳にするのは詩人の声だ。わたしは、彼が、背中を少し丸め、何かを考え込んでいるかのように首を傾けながら、ページを繰る姿までもが見える。これは例外的なケースだとしても、本は、このようにして、声を発する道具になることもある。

——

そして、さらに例外的なことではあるが、本が、著者とは別の声を発する乗り物になりうることもある。声が、テキストに身体を与える道具になる。アティーク・ラヒーミーの『悲しみを聴く石』の中で、主人公が毎日のように耳にする幾つもの音の中に、少年の歌う「ライリーちゃん」の歌があった。自分が恋している少女の家の窓際を自転車で通るたびに、彼は恋歌を歌うのだった。わたしは、この小説を翻訳している時には、これがどんなメロディーなのかを知らなかった。

そのあと、アフガニスタン女性歌手、マルワーシュのCDを手に入れて何気なく聞き始めて、わたしは驚いた。最初の「ライリ」が発語されたその瞬間から、すぐにわかったから。これがあの歌なのだ。その時、この歌を取り巻くシーンのすべてがわたしの元に戻ってきた。自転車に乗る少年、車輪の音、登場人物が住んでいる家（少なくとも、翻訳中に、このような家ではないかと想像していた家）、埃だらけの通り、硬くなったパンの匂い、垂れ下がるカーテン越しに漏れ入る鈍い光、主人公の女性がしぼるタオルの湿り気。マルワーシュの声は、その想像の風景に、色彩や匂い、感覚を与えるための最後のピースだったのだ。脳の感覚野を横断して、声が、すべての感覚を覚醒させたのだろうか。

わたしたちを取り囲む本の多くは、死者によって書かれている。

「歴史は、追悼と喪失の歴史だ。声はそこでは、決定的に失われている。しかし、その声を、答えは得られないにしても、探し続けることは可能で、それが、生き生きとして続く、そして時には執拗で、魅力的で、時に憂いに満ちた存在があることの証拠になるのだ」

わたしたちは、数え切れないほどの内部の声に囲まれている。それは時には、吉増剛造やアティーク・ラヒーミーの例のように、捉えることができる声だ。時には、それはこの世を去った人たちの声でもある。

——

ある人は亡くなったが、その思想はわたしたちの元に生き続けるだろう、としばしば言われる。でも、その人をじかに知った人にとっては、その文章は倒置法として考えられなければならない。その人の本は残り、その思想はわたしたちのもとに生き続けるが、でも、その人はもういないのだ、と。

——

録音されたその声は、それをかつて宿していた体がもう存在しないので、再生されることしかありえない。何度でも。わたしたちは、その声を聞くことしかできない。どんな形の対話ももう、そこにはありえない。

これは同時に、聞くことの物語でもある。

——

祖父の電話番号は、わたしが空で覚えている番号のうちのひとつだった。携帯電話ができた今では番号を覚える必要はなくなってしまったけれど。十二年経った今でも、わたしはその番号を唱えることができるし、番号を押す指の動きも覚えている。でも、その電話番号は、今では結びつけられる宛先はなく、ただの抽象的な番号になってしまった。ある人へつながっていることをやめた時、電話番号は単なる数字の羅列になる。

あの人からの電話がどうしてもうかかってこないのか、今でも、不思議に思うことがある。そろそろ、連絡してくる頃じゃないかしら。アドレス帳に今でも残された名前を携帯電話で眺めるたび、ボタンを押したい衝動にかられる。呼び出し音を聞いて、今度は私がその人の留守電に声を残したいという欲求に。

誰かの「身になって」という問題。

わたしがこの物語を書かなければならないと感じるのは、その物語が自分に関係するだけではなく、その物語が、このことについて考え続けることをわたしに強いるから。

この物語はわたしを放っておいてはくれない。

それは絶対的な要求だ。物語がわたしに語る。今後は、一方向で。

というのも、録音された声は書くことができないから。声は、現れることしかできない。その声は、それが住まう場所も、書くための手も、もう持たない。

声それ自体は、何のメッセージも持たない。声である、という以外には。

でも、声はわたしに、物語を語ることはできる。わたしは聞く。わたしは書く。声が語ることを、ではなく、声が声であるそのことについて。

身近な人の死を、新聞の死亡記事で知ることの残酷さ。死亡記事は、伝記と同じように、その人の死の日付を容赦なく突きつけてくる。文章を終わらせるために、句点を打つこと。時として、死の日付は、ニュースが発表されるとほぼ同時にあらゆる場所に現れ、インターネット上のその人に関するページ、生きていた時には生年月日しか現れなかった項目には死の日付がすばやく書き込まれる。まるで、亡くなった人を、一刻も早く、死者の世界に送り込もうとするかのように。わたしたち生者にとって、その人に関する記述に死亡証明書の判子《はんこ》を押さずにいることが不吉なことであるかのように。その人に関して手に入るあらゆる情報には死亡の日付が直ちに加えられる。その人の人生に加えることが可能な最後の情報。その人の声は死を知ることがなくても。

死者に比べると、わたしたちはいつだって滑稽で、グロテスクにさえ近い場所にいる。死者たちはもう、冗談を言ったり、羽目を外したり、馬鹿げた真似をしたりはしない。死者は完璧に本質的な事柄だけから構成されているが、生きている限り、わたしたちはそういう存在にはなれない。

終わってからでなければ書くことのできない物語がある。

声は存在しているが、終わりはもうそこにある。声は現在にいるが、わたしたちは、終わりの後にある。

新しい文章が書かれることはなく、答えが返ってくることはもうない。

終わりの後で、わたしたちは初めて声の存在に気がつく。生きている時には、声の存在は、その人の存在と分かちがたく結びつき、生の中で輝いている。

身体から取り除かれ、ある人の生から取り除かれ、声は、何に結びつけられることもない存在をあらわにする。

終わりは不意にやって来るが、「終わり」は一瞬で終わるのではなく、一定期間続く。そしてわたしたちは突然、終わりの前から終わりの後へと投げ出される。そのことを受け入れるのには時間がかかるにしても。終わりの存在、その理由、終わりが導く、世界の完全な変化。

でも、終わりが長引く時、わたしたちは「終わりの後の前」にいるのだろうか？　言い方を変えれば、終わりが完全に潰えていない時、「わたしたちは終わりにいる」というのは間違っているのだろうか。それとも、終わりはある厚みを持ち、わたしたちはそこを、綿に包まれたトンネルの中を通るように、通っていくのだろうか。

終わりは存在する。

どうして、終わりは耐えられないことなのだろう。どうして、終わりは、定義上、悪いこととして捉えられ、生は途絶えることなくその流れを伝っていかなければならないとされているのだろう。この問いは、存在—不在—消失の問いと同じように、答えを持たず、無傷で、ここに残されている。

答えるための声を持たないまま。

二十世紀の初頭に夢想された機械に、あの世の声をこの世界に伝達できると言われたものがあったが、わたしはその存在を信じたい。もちろん、現実には、声は録音の中にしか存在しないとわかっていて、旅立ってしまった人たちは、生きる声をもう持ってはおらず、これからも持つことはないと知っていても。

――

「こうして、蓄音機は、哀歌の機械となり、その装置の有り様から、個人の魂を召喚する降霊会に近いものとなるだろう。その伝達かつ保存機能により、蓄音機は、『死者の王国』に連なる重要な仲介物となるのだ」

――

この声とずっと一緒に生きることを決めたらどうなるのだろう。この声とだけ、ただこの声を聞いて、鼓膜に常にこの声を湛えていたら、この声に付き添っていた身体が現実には不在であることを忘れることができるのだろうか。声は、固有の生を生き始めるだろうか。それとも、この存在と不在との性質が、ともに変わるのだろうか。声を聞き続けることによって、この声はわたしの体の一部になり、ついには、わたしの身体に住まうようになるだろうか。

そうしたら、わたしは、自分自身の声を忘れ、他の声を受け入れてわたしの身の内に入れることができるだろうか。今、一日中ずっと、耳にし続けているこの声を。

生者の声は死者の声とは交わることはない。それらの声は、両方とも現在にあるが、生者の声は、死者の声の元には届かない。それらの声には耳がないからだ。声だけが存在する。ただ、聞かれるためだけに。そのためだけに。

具体的な現在と抽象的な現在が存在するのだろうか。常に捉えがたいものであり続ける時間の中で、わたしたちは、わたしたちを取り巻くあらゆるものとともに流れ続ける。その間、それらの声は、毎回、現在、という地点に現れてくる。

もしかしたら、その二つの現在の性質の違いが、生と死を定義するものなのだろうか。

わたしが、自分の番として、あの世に身を移す時、わたしの声はやっと、この抽象的な現在に合流し、わたしが今聞いている、身体から退いたこの声と混じり合うことができるのだろうか。

それでは、録音されることのなかったあらゆる声は、どこにあるのだろう。それらは、生者の耳には届くことのないまま、はかない音波となって、いまだ空気中にただよっているのだろうか。

アフガニスタンのヘラートで、わたしは、会話の中に控えめな音が挟まれるのを聞いた。「メグム」。この、ダリー語で「わたしは言う」という表現の、ヘラート地方での発音は、いつでも文章の冒頭に置かれていた。お守りのように。署名のように。一旦発音された声が、空気中に浮かびながら、この声を聞きたいと思っている人の耳に届き、その時、あの人の声だ、とわかるためであるかのように。

わたしたちはどこで、その声に出会うことができるだろう。どこで、わたしたちの声は、録音されることがなかった声と混じり合うことができるだろうか。

二つの、わたしにはすぐにそれと聞き分けられる、わたしの生の一部をなしていた声。

小さかった頃、わたしの周りを取り囲んでいた声、そしてもうひとつの、成人してから、わたしの内に住まう場所を見つけていた声。

それから、他の声は？　わたしたちにとって近しかった人たちの声、できればもう一度だけでも会いたいと思っている、夢の中でだけでもいいから耳にしたいと思っている人たちの声は、どこにいるのだろうか。

録音された声は現在に現れるが、わたしたちが頭の中で思い出す声は、どの時制にいるのだろう。わたしが、祖父が繰り返していた言葉を鼓膜に浮かび上がらせる時、それらの声はどの時制からやってきているのだろうか。

その身体はわたしの元を去り、その声はわたしの生に付き添うことはもうない。その声は、祖父が亡くなってからの十数年のわたしの生を知ることはない。わたしの生の一部は、祖父にとって一生手に届かないものであり続けることだろう。わたしが退けられた世界にいるあの声にとっては。

録音されなかった声とわたしの間の距離はどれだけあるのだろう。その声は、わたしを迎えに来ようとして、途中で迷ってしまったりはしないのだろうか。

それとも、それらの声は、それが発されたまさにその場所、空気中にとどまり続けるのだろうか。だからこそ、東京で、パリで、わたしたちが一緒に通った地区、話しながら渡った通りに差し掛かるたび、わたしは、その二人の声を耳にするような気がするのだろうか。そんな声を、少なくとも、夢見ることは許されるのだろうか。

わたしが今、一日中聴き続けている、この録音された声ではなく、同じ人の、もうひとつの声をも、わたしは求めている。

声はわたしに触れる。

その声は、その体が生きていた時にわたしに二重に寄り添っていた。その声が二重に「現在にあった」時。

わたしの傍にいると同時に、ラジオから流れてきていた、その人の声。わたしはその声を、近くに、遠くに聞いていた。

「終わり」は、少しの間、電波を通して続いた。

その人がいなくなった後、録音された番組が流されていた。死の後で。再放送ではなく。番組のそれぞれの回は、初めて聞くのだけれど、同時に、残された回はそう多くはないことを知っていた。

時間差でやってくる死。

今夜は最後の「放送」で、今後は、電波の上では、番組は過去に属するものとなる。声自体は過去になることは決してないとしても。

同じ人の、人生の様々な時点で録音された声が、常に現在形で、流れる。

今後は、番組はなくなり、その声はラジオからは取り除かれることだろう。

声が途切れる。

わたしはボタンを押し、その声はわたしに再び触れる。

この、完了した現在形で。

わたしはわたしの人生の時制を揺らす。

この、完了形の現在と、一瞬ごとに過去に移りつつあるわたしの現在とで。

その間、声は繰り返す。その人の、わたしが知っていた「現在」と、わたしが知ることのなかった「現在」が、わたしの前に現れる。わたしがまだその人を知らなかった頃の、その人の現在もまた、わたしに触れることができる。

わたしは、その声が発せられた頃のこと、わたしたち二人にとって「現在」だった頃を知っている。わたしはその声の現在を聞くけれど、同時に、それはわたしにとっては過去に属している。声は、その頃わたしが発した声を過去に残したまま、自分は、現在に残っている。

わたしは、その人のことをまだ知らなかった頃の声をもまた聞く。より生き生きとして、あたたかみを持ち、ニュアンスに富んで、優しさに包まれた声もまた、わたしに触れる。

その人の生涯を通じて声が録音されていたなら、わたしは、ある意味で、その人の一生を知ることができただろう。

というのも、誰も、ある人の生涯を、端から端までは、実際に知ることはできないから。

声は、わたしに触れる。わたしはもうその人に触れることはできないけれど。

声はわたしの鼓膜に触れ、わたしは、その声に、わたしの耳で触れる。

そんな風にして、わたしはその声に会う。

その人がこの世から去った後、わたしは、現在形で、そのように出会う。

わたしは、わたしたちの生の限られた時制の中でその人を知っていた時よりも、もっと広い時間の幅で、その人に触れる。

通りに出ても、わたしの鼓膜を揺らしていた音波はまだ揺れ続けている。船を降りた後もなお身体は揺れ続けるように。

わたしは、その人が生きた街の路地で、その人の子供の時の声を聞くことがあるだろうか。

石を蹴飛ばす音、狭い通りの壁の両方に反射する音とともに。

声の波は、今は亡霊となって、わたしの元を訪れる。声の存在は、わたしの元を去った後で、亡霊として再びわたしの元にやってくる。わたしがその声を実際に耳にしていない時でも。

子供たちの屈託のない声。敷石の上に響く小さな足音。

光と影の交差する、斜面の上に造られたこの地区で。

わたしには、姿は見えない、ただ声を聞くだけ。

わたしは、声を聞きたい。その声が聞こえる場所に行きたい。

わたしが知らない子供。

実際にも、録音でも、知ることのなかった声。

早朝の空気に、泡のように膨れては弾ける笑い声。

声の亡霊がわたしに触れる。

音の波の亡霊をいくつにも区切り、律動を与える消失、不在の中で。

声は揺れる。

声はささやく。

声は現在であり続け、わたしが死んだ後でも現れるだろう。その人を知っている人たちがすべて死んだ後でも。ミイラのように。

声は常に現在であり続ける。声は死を知らない。
声が存在するかぎりは。
もう、ここにいない人の、部分的で容赦ない現れ。

その人の生の後には、空気が揺れ続けている。

亡霊食——はかない食べものについての実践的マニュアル

はじめに

わたしたちは、生きるため、毎日のように何かを食べています。

通常、自分たちが食べている「もの」について話す時、わたしたちはそれらを規定している味や調理法、文化的特徴などについて考えます。でも実はそれらは、わたしたち人間とある一定の共通点を分かち合ってもいます。食べものには多くの場合、具体的な形、産地、そして名前（料理名であれ、食材の名前であれ）があります。わたしたち人間と全く同様に。通常、食べものを口にする前にわたしたちはこの三つの属性を確認します。わたしたちが初めて誰かに会う時、自己紹介をし合うのと同じです。

しかしながら、幾つかのケースにおいては、この三つの前提条件のうち一部が欠けたり、残り香のような形でしか存在しないことがあります。身体を持たない人、または人間の影のように。

これらの、「完璧に不完全な属性を持つ」食べものは、普段それと意識していないとはいえ、現実にも、想像世界にも存在しています。わたしはここで、こういった、「はかない食べもの」

のリストを作りたいと思いました。リストは完全ではなく、まだそれと同定できない種類のものもあるでしょう。[1] 本を読んだ後、読者の皆さんが、まだあまり知られていないこの分野について探索を続けてくだされば幸いです。

雲を食べる

雲を食べてみたい、そう思ったことがない人なんているのでしょうか。どこの国でも、それは子供たちの夢に違いありません（雲が存在しない国があるとしたら別ですが）。この欲望は、お月さんやお星さまを捕まえてみたいという気持ちと同じくらい普遍的で、わたしたちの「食欲」をそそります。実際のところ、わたしたちときたらいつでも食欲旺盛なので、食べられそうにないものまでも食べてみたいと思ってしまうのです。太陽や、雷、雲など……。雪や雨は全く問題なく摂取可能な気象現象です。

「月」や「星」、「稲妻」の名前を持つお菓子、またはその姿を模倣した食べものが様々な国に存在するように（味の方は、知られていないので真似することができないのですが）、雲を食べたいという欲望は、主にお菓子の分野で具現化されることが一般的であるようです。

雲といってすぐに頭に浮かぶのはわたあめでしょう。わたあめ製造機は、一八九七年アメリカで開発されました。製造法も容易であったため、その後多くの国に広まりました。

舌に優しく、ふわふわとした食感はまさに雲を思わせます。唯一の欠点は、すぐに食べてしまわないと、元の砂糖の塊に戻ってしまうことくらいでしょうか。

イランに最初に旅行した時、わたしは「パシュマク（ちっちゃなウール）」というお菓子を見つけました。ウールや絹の糸玉のような形をしていて、触ると猫の毛のように柔らかいのです。それに、わたあめよりもずっと長く保存できます。密封容器に入れてぴっちりと蓋をしておけば、何日でも同じ食感を保っています。この糸玉を少しずつほぐして頬張ると、かすかにサフランの香りが鼻に抜け毛玉はほろほろと口の中でほどけ、こう書いているうちにもまた食べたくなってしまうほどです。

そのあと長い間、わたしはこの素敵に美味しいお菓子に再び巡り会えずにいました。お菓子で評判の高い町、ヤズドに行かなければダメだよ、という人もいれば、冬しか作られていないお菓子だと言う人もいました。

その後、トルコでも、味は少し異なりますが、おそらく似通った方法で作られているお菓子があることを知りました。こちらは「ピシュマニエ」と呼ばれています。起源がどこかはわかりませんが、こういったお菓子は、アジアにはかなり広まっているように思われます。似たようなお菓子に韓国では「クルタレ」、中国には「龍鬚飴」があります。

1　その中には「夢の中で食べる」というケースも入るでしょう。名前も、どこから来たかもわかっているが実体を持たない食べもの、というケースです。とはいえ、夢の中では、わたしたち自身にも体がありません。その場合、この例はわたしたちの「はかない食べもの」のリストに入れるべきでしょうか？　夢の中で料理を「食べる」ことができると嘯く人もいるわけですし……。

ヨーロッパではといえば、雲はどちらかというと、乳製品を想起させるようです。西欧人の人たちに、雲の食べものを挙げてください、と言うと返ってくる答えは、ホイップクリーム、フレッシュクリーム、ムースなどです。

アフリカ大陸の国々や、ラテンアメリカでは、どんな雲の料理があるのでしょう。きっと、わたしたちの知らない美味しいお菓子がこさえられているのに違いありません。

嵐山光三郎は、想像上の料理についてユーモアに満ちたエッセイをいくつも書きました。例えば、黄身と白身がひっくり返ったゆで卵を作るとか、空腹を料理するとか。「雲の料理」と題されたエッセイの中で、嵐山光三郎は、雲に似た様々な料理を考案しています。ワタガシやオボロ豆腐、ハンペン、ビールの泡（ビールの泡を雲に見立て、ビールは金色に輝く麦畑というわけです）、スイトン、ウィンナーコーヒーやソフトクリームなどを試した後、著者は最終的に、雲を食べたいという夢は、「ワンタン」によって叶えられたというのです。

汁にプカプカと浮いている薄く伸ばされた小麦粉の生地が雲を思わせたということもあるでしょうが、どちらかというと、「雲呑」という漢字に引かれてこの料理が雲のイメージを帯びたと言っていいでしょう。嵐山光三郎はある逸話を紹介しています。料理店を経営していた元代の詩人蔡仁王は、客にこの料理を運んだ時、汁に雲が映っているのを見ました。青空に白い具がひらひらと浮かんでいるのを見て、まるでこの汁と一緒に空を飲んでいるようだなと思い、この料理を「雲呑」と名付けたというのです。雲を呑むためのスープ、というわけです。

真偽は確かではありませんが、彼のエッセイの中で語られるこの逸話はとても魅力的です。想像の産物だとはしても、この語源はかなり説得力があり、雲を食べる料理の中でも逸品だと言えるでしょう。とはいえワンタンのように具を何も加えずとも良いのです。コンソメや冷たい水をお椀に入れただけで、水面には同じように空と雲を浮かべることができます。ただ、美しい雲が出ている日を選べばいいだけ。このようにして、月や星、虹、すっと飛び去る鳥や、好きな人の眼差しまで飲み干すことが可能になるのです。

それで思い出すのは月見酒です。月を眺めながら酒を酌み交わすのは、日本にも中国にも共通の古くからの風習です。ここでも、貴族たちは、水面に映った月、または盃の酒に映る月を楽しんだと言います。これは経験してみると、お酒が一層美味しくなる体験で、お勧めせずにはいられません。

でも、月を丸ごと飲み込んでしまったら、何が起こるんでしょう。それはまだ誰にも解明されていません。

霞、煙、蒸気を食べる

「霞《かすみ》を食う」というのは日本ではありふれた慣用句で、浮世離れした生活をするとか、収入無しに暮らす状態を意味します。霞を食っている人は、ちょっと風変わりな、社交性に欠けた人というわけで、「霞を食う」ことは褒められたこととはされていません。とはいえ、この表現は、起源を辿れば、霞を食べて生きることができた中国の仙人たちを指していたわけです。

もしかしたら、かつての中国の人たちは本当に、半ば天上の、半ば俗世にある食物についての知識を持っていた可能性があります。何千年もさかのぼれば、そんな食べものだってあったのかもしれません。

「別世界」にある食べものを描写するのはたやすくはありません。食べものは何であれ、この世界のイメージを表象しているのですから。わたしたち自身も、自分が住んでいるこの世界に生きている、または生きていたものだけを口にします。中国の伝説に、霊力のある桃の実を食べると、長生不老が得られるとありますが、果物には、どこかこの世のものではない味が備わっていることを思えば、この伝説も理解できるというものです。冥界の食べものである柘榴《ざくろ》を食べてしまったペルセポネーのように、この世にありながら他の世界と関係を結んでいる果物もあるのです。

　ジュリー・アンドリュースに『偉大なるワンドゥードルさいごの一ぴき』という子供向けの本があります。幼い頃に読んだこの本のあらすじは忘れてしまったのですが、ひとつだけ覚えているシーンに、ワンドゥードルの王国の食べものを描写したくだりがあります。子供というものは、物語の中でも食べものの出てくる場面をとりわけよく覚えているものなのです（もしかしたらわたしだけかもしれませんが）。

　ワンドゥードルの国の食べものは、それこそこの世のものとは思えないほど美味しそうで、ラズベリーのアイスクリーム、いろいろなフレーバーのマシュマロ、タフィ、バナナスプリッツにホイップクリームをかけて、それとなんだか忘れてしまったのですが、その頃まだ先進国の仲間入りをしたばかりの国に住む子供が一度も口にしたことのないお菓子の名前が並んでいました。そして、記憶に間違いがなければ、ジュリー・アンドリュースはこの描写を次のように終えています。

「こういった食べものをみんな合わせたような、到底表現することのできない味でした[2]」

まだ幼かったわたしは、「表現できない味」という考えをとてもステキだなと思ったことでした。それに、自分が食べたことのない欧米の菓子の名前が連ねられていく様子は、それだけで自分にとっては「別世界」の食べものだったのです。欧米の子供たちにはそれらのお菓子の味が想像できてしまうだけに、もしかしたら、ワンドゥードルの国の食べものは美味しいかもしれないけど、この世のものと思えないほどの味、という印象は与えなかったかもしれません。

わたしはこのくだりを読んでこう思ったことをよく覚えています。

「ああ、表現できない味っていうこのアイディア、わたし大きくなって物語を書いたら使おうと思ってたのに。ジュリー・アンドリュースに先を越されちゃった！」

霞は、人間界のものでない食べものとしては理想的に思えます。というのも、別世界の食べものを描写する時の困難はなんといっても、それがもたらす感覚にあるからです。五感に関わる描写をしてしまえば、その食べものはただちにわたしたちの世界に属してしまいます。霞だったらその心配は要りません。霞には味も食感も匂いもないのですから。おそらく、ですけど。

2 よくあるオチではありますが、後でこの本に当たってみたところ、実はこんな表現はどこにも見当たらなかったのです。ワンドゥードルという、「誰も見たことのない」生きものを、想像力を鍛えることで訪ねに行くという、五感教育の旅ともいうべきこの教養小説を読みながら、わたしも同時に嗅いだことのない匂い、食べたことのない味が想像できるかを同時に経験し、そして子供ながらに、ここに書かれているのは「表現できないくらい美味しそうな味」というべきだ、という結論を出したのかもしれません。

そう結論づけてから、わたしは、食べられる霞を探し始めました。そのあと自明の事柄に直面することになったのです。わたしにはなんだか難しく思われる真実の探求に付随する細かなあれやこれやからやっとわかったことは、仙人の言うところの「霞」とは大気の中にあるエネルギーで、それを彼らは「吸い込んで」いただけであり、食べもののように本当に霞を「食べて」いたわけではなかったのでした。霞はあまりにもはかないので、言葉の中にしか存在せず、発語されると同時に消え去ってしまうのです。[3]

煙を食べる

煙は、霞とは似て非なるものです。煙は食用可能だからです。燻製はまさにその一例で、「煙の味」をつけるために食品を燻すのです。リンゴの木、桜の木、クルミの木、ブドウの枝など、食材と燻煙材の組み合わせが重要になってくるのは、それらの木が、自分の魂を煙として燻らせ、食べものに自分の生を重ね合わせていくからです。ウイスキーの古い樽を使った燻製からは、幾つもの魂が嗅ぎとれると言ってもいいでしょう。

バーベキューでもまた、一種、煙のもたらす香りで美味しさがさらに増します。これもまた、煙を食べる例のひとつでしょう。煙が直接食材に当たるようではいけないと言う人もありますが、一般的な印象としては、煙が立ち上り、その通り道にある食材に触れ、存在の香りを残すというのがバーベキューでしょう。「薪窯《まきがま》」などは、言葉を聞いただけで、薪のもたらす炎が料理すべてにつける暖かな香りさえも漂ってくるようです。

匂いを食べるといえば、日本ですぐに思い出すのはうなぎでしょう。蒲焼の煙の匂いを嗅いだだけでご飯が食べられるというくらいで、落語でも「しわい屋」には、うなぎを焼く煙[4]をおかずにご飯を食べている吝嗇家が出てきます。うなぎやが怒って代金をよこせというと、小銭を落として音を鳴らし、匂いの代金としてお金の音を払う、という話ですが、フランソワ・ラブレーの『第三の書』にもそっくりの逸話が紹介されているのは興味深いことです。

というわけで、煙は食べることができるとは証明されたわけですが、もしかしたら「食べることができる」からこそ、わたしたちは洋服に煙の匂いがつくのを嫌がるのかもしれません。なんだか、自分たちの洋服までもが食べものの一部になってしまったようで。食用可能な分子がTシャツについていたからといって、それを薬味としてTシャツにかぶりつけるわけではありませんから。

そういえば、タバコの煙が洋服に残ることもよく知られています。喫煙者に囲まれるのは、自分がタバコによるバーベキューの食材になるようなものでしょうか。

人により、また文化により、「煙」が喚起するイメージは異なります。現在、西欧では喫煙行

3　でも、「霞」と言えば酒を意味したことでもあるし、仙人たちも、霞と言いながら、結構みんなをけむに巻いていたのかなという気もします。

4　フランス語で煙というとfuméeですが、同じ発音でfumetというと、食事から立ち上る美味しそうな匂い、という意味になります。

為は時代遅れになっていますが、フランス語の「fumer（タバコを吸う、…を燻す）」という動詞は、リンゴのチップの燻香よりは今もなおタバコの匂いを残しています。

「fumoir」というのは、煙を出す場所、を指しますが、わたしがある時「fumoir（薫製機）」を手に入れたと友人に話した時、彼は「fumoir（シガーを吸う小部屋）」をわたしが自宅に取り付けたかと勘違いしたのでした。しかもその誤解にしばらくは気がつかず、「煙が外に出たりしない？」「全然問題ないわよ」「しょっちゅう使うの？」「うん、思ったより便利」「高くなかった？」「そんなでもない、使ってみるといいよ」などと会話を続け、友人が「でもさあ、あなたタバコ吸うんだっけ？」と言った時に、会話が食い違っていることにやっとお互い気がついたのでした。

タバコの場合、まさに「煙を食べている」という表現が当てはまります。フランス語ではタバコを吸うことをavaler la fumée とも言いますが、これは「煙を食らう、煙を飲み込む」にあたります。この場合、「飲み込んだ」煙は、胃ではなく肺に入っているのが食物とは違うところでしょう。それに、タバコをやめると太ると言います。タバコを吸う人は、本当は、タバコを糧に生きているのではないでしょうか。だから、煙を食べるのをやめると、具体的に存在する食べものを体に取り込む必要があるのでは、そんな風に思ってしまったりもします。

喫煙家は現代の仙人なのでしょうか。人が飲むことのできる煙の中で、もうひとつ、薬、ドラッグがあることも付け加えておきましょう。

何かを体に入れるためには必ずしも口から飲み込まなくてもいい、そんなことを示してしまうものを、わたしたちはひょっとして恐れているのかもしれません。飲み込むだけではなく、煙を吸引したり、鼻から吸ったり、座薬のように下から入れたり、舌下錠のように口の粘膜から吸収したり、皮膚に貼って直接取り込んだり、注射で注入したりなど、食事の時とは比べものにならないほどありとあらゆる方法でわたしたちは薬を体に取り込んでいます。そこから、薬に対する不信も来るのかもしれません。口をわたしたちの正面玄関だとすれば、それ以外から入ろうとするものを警戒するのは当然でしょう。

蒸気を食べる

蒸気については軽く触れておけばよいでしょう。これに止めを刺すという、うってつけの例があるのですから。それは、蒸留酒です。アルコールは、一旦蒸気になった後で再び液体に戻ります。もっと純粋に、もっと強い液体となって。確かに、わたしたちが飲むのは液体の状態になってからですが、蒸留酒にはどこか蒸気の状態を残しているようなところがあります。かつて蒸気として生まれたことをこっそり覚えているかのように。

それと比較すれば、蒸しものは、食材自体が蒸気になるわけではないので、「蒸気」の代用品でしかありません。よくできた天ぷらが揚げものではなく蒸しものだとはよく言われるところですが、この場合、野菜や魚から出た蒸気は天ぷら鍋の上に消え去ってしまい、蒸気の抜けた具をわたしたちは食べていると言えるでしょう。「蒸しもの」が、「蒸された」という調理法を指し、天ぷらが蒸気の去った後の料理に過ぎないのに対し、蒸留酒の方は、それ自体が「蒸気」である飲みものなのです。

透明を食べる

水を張ったお椀が水面に映ったあらゆるものを取り込める「容れもの」であるとしたら、ゼリーは、その考えをさらに一歩進めた魅力的な食べものだと言えるでしょう。

ジーン・ウェブスターの『足長おじさん』の主人公、ジュディ・アボットは、「おじさま」に宛てて書いた手紙の中で、ゼリーがいっぱいのプールに入って泳いでみたい、と語ります。確かに、水面にきらめく日の光はあまりにも魅惑的なので、プールがゼリーで満たされていたら、魔法のような、万華鏡さながらの効果をもたらすに違いないと思わずにいられません。彼女と同じ夢をわたしも抱いていました。小さい頃、この本を読んだ時に、「これわたしもいつかやらなきゃ！」と思ったことを覚えています。

ゼリーが透明なのがどうしてわたしたちの心を捉えるのかといえば、ゼリーが光を通すからであり、それは人間の体ではありえないことだからです。それに加えて「形を変えられる」利点も忘れてはいけません。

確かに、食べものとしてのゼリーの特色は、つるりとして纏まりのあるところだけではなく、この物質が、透明さを保ちつつ液体から固体に変わったという部分にもあるでしょう。

霞は現実には食べられないのは先ほど見ましたが、透明かつ食用可能なものの方はたくさんあります。植物性の食材に限っても、透明になる食材は多くの食文化に存在します。思っているよりその数は多く、毎日の食卓にのぼっています。

—でんぷんは多くの植物や根菜類に見出される物質であり、葛《くず》、馬鈴薯、さつまいも、タピオカ、米、とうもろこしなど数多くあります。加熱することで次第に透明になる性質があり、透明なお菓子や麺、出汁にとろみをつけたりするのに使われています。

—アロエヴェラ（中の部分が透明）

—ナタデココ（ココナッツの汁を発酵させたもので、半透明）

—寒天

—もう少し希少な植物には、クリスタルの露のような透明な細胞に覆われ、キラキラと輝くアイスプラントや、透明なゼリー状の膜で覆われた蓴菜《じゅんさい》などがあります。蓴菜を食用としているのは日本と中国くらいですが、実際は世界中に広く分布しています。

こういった透明な食物を探し始めればきりがありません。今までにあげた、雲や霞、煙などのはかない食べものの中で、奇妙なことですが、透明なものはわたしたち人間に最も近い食べものです。雲の形をした生きものを見つけることは容易くはありませんが、透明なからだを持っている生きものの例は幾つも挙げられます。クラゲの仲間はそうですし、ゴーストフィッシュ、クリオネ、頭だけが透明なデメニギス……。アマガエルモドキ科のグラスフロッグは透明なので内蔵が透けて見え、コオリウオの血液はヘモグロビンを持たず無色透明です。

透明な体の生きものはほとんどが水中生物です。まるで、周りの環境に自分の体を隠してしまおうと思っているかのようです。でもそう言いだしたら、わたしたち人間だって、空気という、透明な物質に囲まれた環境に生きているわけです。どうしてわたしたちの体は光を通さないのでしょう。

　透明な生きものには、どこか、ガラスにも似て脆い印象があります。実際、クラゲの九五パーセントは水分でできています。とはいえ、透明であることは根本的には脆弱さとは何の関係もありません。おそらく、身体の中身が透けて見えることで、それらの生きものが、自分の存在する場所を他の生きものに引き渡している、またはこの世から少し退いているように思えてしまうのかもしれません。世界から一歩退くこの能力は、これらの生きものに固有であるのでしょうが、同時に、理由のない不安をわたしたちの内に引き起こしもします。

　文学や映画、民間信仰などを見ても、透明になれる可能性はわたしたちを恐れさせると同時に魅惑しても来たことがわかります。その例は枚挙にいとまがありません。わたしたち人間が雲や煙になる、と言うと、そこにはどこか死の匂いが伴いますが、透明人間になることは死ぬことを意味するわけではありません。それは、不安を伴うとはいえ、自由の同義語でもあり得るのです。

　透明な食べものを口に運ぶ時、わたしたちは同時に透明な存在の神秘も食しています。その感覚は、透明な生きものの肉体を食べる時に一層強くなります。それ自体は透明ではなく怖くもない動物の骨や皮から抽出されるゼラチンは別にして、クラゲのサラダ、フグの薄造り、白魚の踊り食いを前にすると、それを食べたことのない人はついひるんでしまいます。透明な生きものの体を体内に取り込むことで、自分たちも透明になってしまうと思うからでしょうか。それを恐れる人もいるし、面白がる人もいるということなのでしょうか。

　岡本かの子は、「鮨」の中で、没落していく家庭に生まれた子供が、この世からいなくなってしまいたいという暗い欲望に取り憑かれるさまを描いています。

「その子供には、実際、食事が苦痛だった。体内へ、色、香、味のある塊団《かたまり》を入れると、何か身が穢《けが》れるような気がした。空気のような喰べものは無いかと思う。腹が減ると饑《う》えは充分感じるのだが、うっかり喰べる気はしなかった。床の間の冷たく透き通った水晶の置きものに、舌を当てたり、頰をつけたりした。饑えぬいて、頭の中が澄み切ったまま、だんだん、気が遠くなって行く」

ここでは、透明であることは、何も食べないことの同義語となっています。透明なものだけで食事のメニューを構成したら、食べ終わってすっかり満腹でも、まだ腹ペコであるような奇妙な感覚に襲われることでしょう。

谷崎潤一郎の『陰翳礼讃』では、「あまりにきれいに透きとおり過ぎている」ものを避け、「透明の中にも、全体にほんのりとした曇りがあって、もっと重々しい」ものを日本人は好むとしています。そして、羊羹の色を賞賛するのです。透明であることは、食べものとしては十分ではない。色を持たなければいけない、しかもできれば、重みのある色を。わたしたちは、自分たちがこの世に存在していること、色と重みを持つ存在であることを受け入れなければならないのです。透明なものだけを食べて生きていくことはできないのです。

「玉《ぎょく》のように半透明に曇った肌が、奥の方まで日の光りを吸い取って夢みる如きほの明るさを啣《ふく》んでいる感じ、あの色あいの深さ、複雑さは、西洋の菓子には絶対に見られない。（中略）その羊羹の色あいも、あれを塗り物の菓子器に入れて、肌の色が辛うじて見分けられる暗がりへ沈めると、ひとしお瞑想的になる。人はあの冷たく滑かなものを口中にふくむ時、あたかも室内の暗黒が一箇の甘い塊になって舌の先で融けるのを感じ、ほんとうはそう旨くない羊羹でも、味に異様な深みが添わるように思う。（中略）かく考えて来ると、われ〱の料理が常に陰翳を基調とし、闇と云うものと切っても切れない関係にあることを知るのである」

わたし自身はカラフルなゼリーに目がありません。特に、アルコール類がゼリーになったもの。グラスに入った赤ワインのゼリー、日本酒のやわやわとしたゼリー、またはスパークリングワインのゼリーをシャンパングラスで供するとか。そういったゼリーは、お酒をみんなで飲む時の喜びが結晶になっているように思えるのです。でも一層興味深いのはコーヒーゼリーです。自分が透明な存在であったことを忘れるかのように黒い色を纏《まと》い、同時にゼリーとしての特徴は残しています。まさにそのアンビバレントな性質、昏い耀き、一品のデザートに含まれた両義的な要素がわたしを魅了するのです。考えてみれば、羊羹だって、小豆と寒天でできているのですから、コーヒーゼリーは、羊羹の西洋ヴァージョンと言えるのかもしれません。

谷崎潤一郎は、ゼリーを「陰影の食物」とみなしたでしょうか。そう想像してみてもあながち間違いではないかもしれません。

描写を食べる

ゴンクール兄弟[5]の日記の中で、こんなくだりがわたしの目に留まりました。

「一八七八年　十一月六日

昨日、シャルパンティエ邸に日本人が手製の料理を持ってきた。魚肉の小さなタルトレット、魚でできた、緑と白色をしたゼリー状のもの、それから、彼らが目がないらしい一品、水生植物を薄い皮状にしグリルしたものの中に米を包んだミニロールで、見た目は、白ブーダンが黒ブーダンの皮で包まれているかのようだった。我々西欧人の舌には全く合わないが、これらの食物から、文明化された料理、食材のエッセンス、出汁を引き出すことに長けている料理だということはわかった。それから、デリケートで複雑、はかなく淡い感覚を味蕾にもたらす料理だということも。それらはどれも、われわれにとってのオードブルのタイプとサイズの品々だった。少なくとも、われわれにはこの料理を正しく判断することはできない。ヨーロッパの料理のベースは脂を含むのに対し、日本料理のベースは脂肪分のない材料から構成されているのだから」

魚のタルトレットと米のミニロールの実体は大体想像がつきますが、「魚でできた、緑と白色をしたゼリー状のもの」とはいったい何なのでしょう。

なぜ、料理をその名で呼ぶ代わりに、描写によって伝えようと思ったのでしょうか。ゴンクール兄弟は、これらの日本人とコミュニケーションを取る術を持っていたように思われますが、料理の名前を聞くまでもないと思ったのか、または日記に書く価値はないと思ったのか。幾つかの理由が考えられます。

1　彼らはこれらの料理の名前に全く興味がなかった。

2　これらの料理を再び食べる機会があると思わなかった（再び会うことがないだろうとわかっている人の名前を覚えて何になるというのでしょう！）。

5　美術評論家。フランスに日本美術の紹介をし、ジャポニスムに貢献したことで知られる。

3　彼らは、料理名を日本語で日記に書いても意味がないと思った。誰の役にも立たないだろうと思ったからだ（誰も知らない料理の名前を書いて何になるというのでしょう！）。

考えてみれば、これはわたしたち自身外国で料理を食べる時に今なお経験することでもあります。日本の料理を例にとってみれば、和食の知名度が上がり、一般的になるにしたがって、外国人は料理の名を日本語で覚え、発音するようになりました。少なくとも、料理の名前を正しく「覚えなければ」という意識はあります。日本人を前にして、自分がかつて食べた和食の話をする時に、料理の名前を忘れてしまってすみません、と謝ったりするのです。料理に名前があると認識すること、それは、その料理の価値を認識することでもあります。

現在であれば、ゴンクール兄弟の日記のこのくだりは、このように書かれたことでしょう。「昨日、シャルパンティエ邸に日本人が手製の料理を持ってきた。さつま揚げ（または練りもの）、名前は失念してしまったが、魚でできた、緑と白色をしたゼリー状のもの、それから、海苔巻き（または、フランス式に言えば「マキ」）」

和食ほどにはまだ知られていない外国料理もフランスではたくさんあります。

わたしは最近、韓国に行ったフランス人の友人からメールを受け取りました。彼女は、韓国料理が大変気に入ったといい、こう書いてありました。

「またもや素晴らしいランチ！　冷たい麺のスープ、その後に、グリルの上で焼かれたキノコと牛肉の一品が来ました。グリルの周りには縁がついていて、ハーブの混ざったソースが溜まり、それが肉の上に時折かけられていました。それから、かすかにヴァニラの風味の効いたクリームが入ったガレットがあり、この国のスイーツは面白くないと思っている人をびっくりさせるような一品でした」

このメッセージを、どう読み取ったらいいのでしょうか。

仕事で韓国に行っていたこの友人は、通訳を通すかまたは英語ででも、韓国人と会話ができたはずです。そして、わたしが韓国料理に目がないことも知っていました。その上、韓国料理の良さも把握していたように思えます。

このメッセージを読みながら、わたしは頭の中で次のように変換を行っていました。

「ネンミョン、ブルゴギ、ホットク（おそらく）」

彼女よりわたしの方が料理名を覚えているとか、記憶力がいいと言いたいわけではありません。日本の韓国料理レストランでは、料理は大概の場合、原語名がカタカナで書かれているので、必然的に覚えやすいということがあります。その他にも理由があります。日本では、韓国料理を食べる機会がフランスよりは多いはずですから、気に入った料理に出会った時、料理名を頭に入れておけば他のレストランでもまた頼める、と思う人も多いでしょうし、実際そうやって何度か同じ料理名を口にするうちに、味と名前が自然と結びついていくのでしょう。

積極的に料理名を覚える利点もあります。料理の名前は、その語源から歴史がわかる場合があります。料理名を知ることはその国の食文化を知ることであり、歴史や文化を知ることで、たべる喜び、美味しさも一層増すように感じられるのです。

もしかしたら、韓国に行ったわたしの友人は、少なくともフランスではそれらの美味な料理に再会することはないだろうと思い込んでいたのかもしれません。どうして彼女が料理名を記憶しなかったのか考える時、わたしにはそのくらいしか理由が見つかりません。それとも、料理名なんて全く興味がない、そういう人も、実際にいるのでしょうか。

実際のところ、フランス人が外国料理の料理名を覚えないとしたら、それはあながち彼らのせいだけでもありません。

例えば、パリで昔ながらの中国料理屋さんに行くと、料理名の代わりにメニューに書かれているのは、料理の「描写」です。エビのラヴィオリを蒸したもの、麺と牛肉をソテーして甘辛いソースをかけたもの、豆腐を辛いソースで炒め煮にしたもの、など……。

その脇に、中国語で原語名が描かれていることもあります。つまり、中国語が読める人だけ、料理名が把握できるわけです。

わたしたち日本人は、中国語での料理名を、字面から一部理解することができます。発音が異なっていても漢字が同じであることが多いからです。その場合、中国語でなんと発音するかはわからないので、メニューの該当箇所を指して注文することになります。

フランスによくあるタイプの、中国兼タイ料理店とか、中国兼ヴェトナム料理店、または中国兼タイ兼カンボジア料理店では、メニューをフランス語と中国語で表記するだけでは足りません。この場合、通常メニューは以下のように書かれることになります。

—それぞれの料理には番号が振られている。店によってシステムの複雑さは異なる（例えば、お客は「T34を二つ」などと注文することができる）。

―その脇にフランス語で料理の描写がなされる。
―中国語での料理名（中国料理の場合には料理の原語名、それ以外の、タイ料理やヴェトナム料理の場合には中国語への「翻訳」）。

この場合、どれだけ料理名を覚えようと意気込んで来たとしても、その料理の本当の名前を知ることは難しいでしょう。

何十年も前からフランスにある、アジアからの移民が経営するこういったレストランは、次のように考えてこんなメニューを作ったのに違いありません。

1　オリジナルの料理名をいちいち書いてもお客さんはかえって面倒に思うだけだろう（「どちらにしても外国人は料理の名前を覚えたりはしないのだから」）。

2　三カ国語で料理の名前を書くスペースはない。

3　もしくはお店の経営者自体が、これらのタイ料理やヴェトナム料理、カンボジア料理などの本当の料理名を知らない（この仮説は、例えばカンボジアからの中国系移民が経営するカンボジア料理店の場合、あまりありえないことのように思えます。でも、例えば大陸から来た中国系の移民が、カンボジアからの中国系移民の料理人を雇った場合どうでしょう――まあ、このような組み合わせが実際にあり得るなら、ですが）。

ここでは中国料理のレストランの例を挙げましたが、外国料理のレストランのメニューはすべて、多かれ少なかれ翻訳の要素を含み、分析も可能だと思われます。その料理の由って来《きた》る国と、それを受け入れる国の関係の長さ、理解の深さ、力関係など複雑な要素により、メニューは翻訳され、常に翻訳され直すことになるのです。[6]

描写と固有名詞の間の境は思っているより明確ではありません。中国料理レストランの例を取り上げ、先にわたしは、フランス語で書かれているのは料理名ではなくその「描写」だと書きました。とはいえ、中国料理の名前も、ほぼ描写に近いしっかりとした構造に従っています。三文字から六文字、時にはそれ以上の漢字から構成される料理名は、次のような要素から成り立っています。

—主要食材、補足的な食材
—加工法（食材の切り方、剝いたものか、干したものかなど）
—調理法（爆、煮、蒸、炒、焼、炸、溜、拌、煎、浸など五十数種類の調理法が挙げられます）
—調味（塩、辛味、酢、砂糖、油、味噌、ニンニク、醬油、酒粕など）
—見た目（出来上がりの色など）
—調理器具（土鍋、火鍋、蒸し器、炉、鉄鍋など）
—料理のよって来る地名、または料理にちなんだ人物名

何か特別なエピソードに基づいた料理や、見立てからなる料理名でもない限り、中国料理の料理名は、それを初めて食べる人にもおおよそどんな料理か想像できる要素から構成されています。そういう意味では、結果的には料理の描写とそれほど変わらないと言えるのかもしれません。そして、伝統的なフランス料理のメニューの書き方もまた、描写とすれすれのところにあります。

そう考えてみると、この章の冒頭で示した考えも改めるべきなのでしょう。わたしたちが料理の「描写」と呼ぶものは実際のところ、原語の料理名の誠実な翻訳と言えるかもしれないからです。少なくとも中国料理に限って言えば、ですが。

そもそもが、料理名の名付け方は、描写と固有名詞の間に位置するのではないでしょうか。そう考えてみたら、フランス料理名のシステムに慣れていたゴンクール兄弟が和食の料理名を「描写」した時、もしかしたら、彼らとしては、固有名を表記しないせいで和食に対する敬意を欠いていたつもりは全くなく、そのような描写自体が彼らにとっては名付けと同義の行為だったのかもしれません。

6　長い間、こういったアジア諸国料理のレストランでは、餃子は「ラヴィオリ」と書かれていました。ラヴィオリはイタリア料理の名前ですから、餃子よりも先にフランスに入ってきたラヴィオリと形状の似ている、かつ外国から来ている料理を「ラヴィオリ」と翻訳したことになります。こういった見立て、ずらしによる翻訳は他にもあり、お好み焼きは「ガレット」、肉まん（中華まん）は「蒸しブリオッシュ」と長い間呼ばれていました。外国料理の理解が深まるとともに、これらの料理は本来の名を再び獲得します。例えば餃子は、ラーメン屋さんや和食のお店では「gyoza」、韓国料理レストランでは「mandu」、そして最近できた中国レストランでは「jiaozi」と書かれるようになってきました。さらには、フランス系フュージョンレストランでこういったアジア料理を出すところでは、餃子は「gyoza」と日本式に書き、肉まんの方は「bao」とする場合も見られます。これは、最近中国系の移民二世が経営するおしゃれな店で「包子」（baozi, 日本の中華まんの起源である料理）が流行っていることから来ているのでしょう。同じ料理名をどの名で覚え、呼ぶかによって、各フランス人がこの料理と結んでいる関係、またそれぞれの国との関係も間接的に見えてきます。

名付けられないものを食べる／名のないものを食べる

一九八〇年代、高校生だったわたしはサントリーが発行する『サントリークォータリー』という季刊誌を愛読していました。この文学的アルコール雑誌には毎号何かしらとびきり面白いエッセイや料理・お酒に関する作家の対談が掲載されていて、お酒の世界をまだ知らなかった自分もその楽しみをたっぷり植え付けられた気がします。料理と文学を結びつけることへの興味はその頃に目覚めたのだと思います。

日本の実家にあったはずのバックナンバーがいつの間にかどこかに片付けられており（なんという悲劇！）、原文に当たることができないのですが、その雑誌でわたしはこのような文章を目にしました。「名付けられないものは食べることができない」

正確な文章が「名付けられないもの」だったか「何でできているかわからないもの」だったか残念ながら覚えていないのですが、とにかくその文章がとても印象深かったことは覚えています。三十年近く経った今でも定期的に思い返し、その意味について考えるくらいなのですから。

果たして、名付けられないものを食べることはできるのでしょうか。

この仮定の面白いところは、「名付けられないものは食べることができない」という定義自体が様々な解釈、多様な想像に開かれていることです。

「名付けられないもの」を広義の意味で取り、いろいろなケースを考えてみましょう。

1　名前のない料理

ただ単に名前のない料理であれば、わたしたちは問題なく食べることができます。例えば、家庭料理は、その日冷蔵庫にあるものを使った即興的料理、つまり新作料理であると言っていいでしょう。わたしたちは毎日新しい料理を発明していると言ってもいいのですが、わたしたちはそれに名前をつけることもせず平気で食べています。

例えば「ビーフシチュー」や「いとこ煮」のように、レシピと名を持っている料理を作るにしても、ある材料を他の材料で代用したり、量の配分を変えたりしてして、「鬼っ子」的料理を作ってしまうことはしばしばあり、命名された正統的な名前を持つ料理の周りに広がる、限りなく無名に近い料理をわたしたちは毎日作っているのです。

2　わたしたちが知らない名前を持っている料理

前節で見たように、例えば外国に行った時、わたしたちは（それほど）問題なく名を知らない料理を食べることができます。主材料が何であるかわかれば、ですが。わたしたちは、外見と、口に入れた時の印象から変換作業を行い、こんな風にコメントしたりするのです。「このサラダみたいなの、結構美味しいじゃない」「このポトフ風な料理はぼくの好みじゃないなあ」。言ってみれば、この時わたしたちは、食べながら同時に、自分たちに理解できる名前を料理につけているのです。

3　材料が判明できない料理

食べられないものは何か、という質問に対し、小説家のヤクタ・アリカヴァゾヴィッチは、おかゆのような形状をしている料理はつい警戒してしまう、と答えています。それは容易に理解できます。おかゆは材料の原形を最も完璧に失わせてしまう料理なのですから。

料理用語の中で、嫌いな言葉はありますか、という質問に対し、料理写真家のヴァレリー・ロムとフランス文学研究者のジョアン・ファベールは、それぞれ、煮込みとガルビュール[7]だと答えています[8]。

斎藤美奈子は『戦下のレシピ』[9]の中で、戦時中のレシピにはおかゆ状の料理の数が異常に多いことを指摘しています。その理由に、食糧難の時には、硬すぎたり植物繊維が多かったりして普段は見向きもされなかった食材を使うということがあります。食指のそそらない素材をなんとか食べられるようにするために長く煮込んだり、一時的にでもお腹を膨らませるために水でのばしたりすることになるのです。

おかゆはその形状から、戦争、病気、貧困など、非常時の食と結びついています。そうだとすれば、ピュレー、さらにはヴルーテ（フランス料理におけるすり流しのような一品）など、健康、自然といったポジティブなイメージと結びつく料理と、おかゆの違いは、いったいどこから来るのでしょうね。

場合によっては、主材料が何であるかわからなければ料理を食べられないことがあります。アレルギー、食事制限、宗教上の理由、ヴェジタリアンやヴィーガンであるなど、理由は異なりますが、それぞれにとってタブーの食材が入っているのではという不安が鎌首をもたげてくるからです。

反対に、何からできているかわからないからこそ食べられる料理もあります。例えば外国に旅行している時など、何気なく食べてみて美味しいと思った料理が、材料を聞いてみてびっくりだった、ということもあります。

もちろん、どんな材料でできていようと、主材料が何であろうと、そこに何が加えられていようと全然へっちゃら、という剛の者もいないわけではありませんけど。

4 どこにカテゴリー付けしていいかわからない料理

自分の前にある料理が何のカテゴリーに入るのかわからない場合、例えばスープなのか揚げものなのかデザートなのかもわからない場合、わたしたちはつい食べるのをためらってしまいます。

7 ガルビュールは、キャベツを主体として様々な野菜、豆類を入れた煮込み。

8 二〇一一年九月から二〇一二年六月まで、筆者はイル＝ド＝フランスのライター・イン・レジデンスに参加し、パリの料理専門書店「ラ・ココット」で一連のトークショーを企画しました。そこで毎回ゲストに言葉と味に関する十の質問をしていたのですが、その中にこのような問いがありました。「料理に関係する用語で、あなたが特別好きな言葉、嫌いな言葉、または興味を引く言葉はありますか。それは何ですか。その理由も教えてください」

9 『戦下のレシピ――太平洋戦争下の食を知る』岩波書店、二〇〇二年。

そして、主材料だけでなく、そこに入っている材料が何なのかひとつもわからない場合には、食べることができません。

先の『サントリークォータリー』でわたしが見かけたと言った、「名付けられないものは食べることができない」という文章は、実際はこういった料理のことを指していたのだと思われます。

でも、何からできているか、色からも匂いからもひとつの材料も全く想像ができず、メインなのかデザートなのかもわからない料理を前にすることはあるのでしょうか。むしろほとんどないとも言えます。

もし料理に形がなければ、それを「ピュレー」と呼ぶことができます。もう少し液体状であれば「スープ」になるでしょう。そこに形のある何かが入っていれば「煮もの」に近づくかもしれません。または、「ソテー」「マリネ」「サラダ」などのカテゴリーに入れることができれば、その料理を構成する材料がわからなくても、わたしたちはそれが自分たちの食することの可能なテリトリーに入っているのだと感じることができるでしょう。

もし何でできているか見た目からわからないとしても、匂いからある程度想像をすることはできます。食感や温度も頼りになるでしょう。それがなんの肉かはわからないにせよ少なくとも肉類からできているんだなと推測したり、野菜だったり、魚だったりの判別をすることもできるかもしれません。「これはカマスに似てるな」とか、「この匂いはどこかで嗅いだことがあるぞ」と感じるなどです。少なくとも、それで最低限は安心できるというものです。

結局のところ、個人的な好みを別にすれば、わたしたちはどんなものでもある程度は何からできているか、またはどのカテゴリーに入るか想像できるのですから、全くの想像外にある料理を思い浮かべることの方が難しいくらいです。

というのも、どんなに想像外の料理を頭に浮かべてみようとしても、結局は自分が何かしら知っているものに落ち着いてしまうからです。

想像を超える料理を想定するのが不可能なのは、「どんな言語にも全く似ていない言語」とか、「地球上のどんな生きものにも似ていない生物」を想像するのが限りなく不可能に近いのに似ています。

「名付けられないものは食べることができない」という文章を読んだ時、最初わたしの頭に浮かんだのは、青、ピンク、青緑でできた、ひとりでにふるふるふるえる半透明のゼリーのようなものでした。それがどこから来ているのか想像できないようにするためには、ただのゼリーではダメで、それが勝手にふるふるふるえている必要があったのです。そうなれば、到底食べる気にはなれないでしょう。生きたクラゲのようにふるえていれば。

ここまで考えてみて、そういえば、蛍光オレンジのクラゲとか、紫のクラゲとかもあったな、それにクラゲ自体だって食用可能じゃないか、と思うに至ってしまったのでした。

何からできているか全くわからない料理を想像することはおそらく不可能でしょう。材料が何かわからなくても、色や形、匂いから推測したり、アナロジーで自らの知っている食材に引きつけることは可能だからです。そうして、何かしら食用可能なものに辿り着くのです。

どんな色も、匂いも、形も、常に、自分が知っている料理や食材、または少なくとも写真で見たことのある食材を喚起するものです。原理的に、自分の知らない匂いを想像することは不可能なのです（試してみてください。賭けてもいいですが無理だと思います）。それはいつでも、この地上にある何かの匂いに似てしまうでしょう。

判別できないものを想像することは不可能の領域です。

でも、こう言った通常の条件が全く機能しない状況にあったらどうでしょうか。

目隠しをされ、あなたの前に何か匂いのないものが近づけられたとします。それに触ることは許されていません。口を開け、それを舌の上にのせ、飲み込みなさいと命じられるのです。

この時、それが何であれ、あなたはそれを食べることができないでしょう[10]。

土地を食べる

土地を食べることは、「はかない食物」を食べる行為の中でも、最も人口に膾炙した試みでしょう。近所のスーパーに行けば「ゲランドの塩」とか、「シャロレーの牛肉」などと書かれた商品がいくらでも見つかります。これらの表示は商品の原産地を保証しています。現実の土地と結びつけられることで、これらの食べものはかつてある場所に「存在していた」ことがある、と証しているかのようです。

場合によっては、観光地ではない場所、多くの人が訪ねるわけではない場所、その商品とでも結びつけられていなければ聞いたことがなかった地名が表示されていることもあります。「カンブレーのベティーズ」[11]などがそうです。そういったケースでは、地名はある食べものと結びつけられることで、一種抽象的なラベル、商品の質や製造法を象徴する印のようなものになります。それを食べる人たちが、その場所に対して具体的なイメージを持っていなくてもいいのです。

この場合、地名は商品の固有名のような機能を果たします。そして、かつての人名表記と同じように（レオナルド・ダ・ヴィンチ、アントワーヌ・ド・サン・テグジュペリ、オーギュスト・ヴィリエ・ド・リラダンのように、何らかの理由で地名が固有名となった例は幾つも挙げられます）、例えばあるキャンディーを他のキャンディーと区別するための印になりえます。

10 谷崎潤一郎の『美食倶楽部』では、美食倶楽部のメンバーは、他の会員を驚かせるために常に新しいアイディアを探していました。ある晩の会食で、彼らは全くの闇に包まれた部屋の四方に立たされます。そこで彼らは長い間待たされ、彼らが忍耐の限界に達し、不安になり始めた時に、女性の近づく足音を聞きます。それから、女性の指が口に入ってきて、口内やほおの中をかき回します。しかし、次第に、女性の指だと思っていたものが、風味からも食感からも、白菜で巻いたハム（火腿）であることに気がつくのです。とはいえ、その指のような食べもののようなものは、嚙み切った後もまだ口の中で動いているのです。多くの者にとって耐え難い悪夢以外の何物でもないこの状況を、美食倶楽部の会員たちは恍惚状態で受け入れます。そして、語り手はこう物語を終えます。「此の頃では、彼等は最早や美食を「味わう」のでも「食う」のでもなく単に「狂」って居るのだとしか見受けられない。気が違うか病死するか、彼等の運命はいずれ遠からず決着する事と作者は信じて居る」

11 キャンディーの一種。カンブレーはフランス北部の都市。

そういった場合、食材が地名のイメージを作り上げてしまうこともあります。わたしが幼い時、母は「佐渡バター」を定期的に取り寄せていました。「佐渡島」という地名を「バター」とだけ結びつけて覚えた子供のわたしはこの島を牛の楽園のように思いなし、長い間、「佐渡」という地名を聞くたびに、ミルクが流れチーズ湧き出す、乳製品の天国のような島を想像していたのでした。

その反対に、元から観光地であったり、美食で知られている地名が食品名と結びつけられている場合、地名は商品に新たな価値を与えることになります。エクスのカリソン、カンカルやアルカションの牡蠣《かき》などがその好例でしょう[12]。

日本では、お寿司屋さんで、自分が食べるそれぞれの魚がどこから来たかを説明してくれます。同じ魚種でも、季節が異なれば水揚げ地が異なることもあります。同じ魚でも、釣れる海や川、水質や水温、魚の食べるものが異なれば、味が変わることは多々あります。わたしたちは港の名前、地域の名前を聞き、料理人と会話を交わし、その土地を想像します。以前に行ったことがあれば、土地の名を聞いて思い出が蘇ることもあるでしょう。じかに赴いたことがなくても映画やテレビで見たことがあるかもしれません。小説で読んだ一節が脳裏に浮かぶこともあります。

その時、口に運ばれる魚の味は、旅への誘いになり、食べものは多岐にわたる鮮やかなイメージをわたしたちの元に運ぶ配達人になります。料理は、その原産「地」を、食材とともにお皿の上にもたらすのです。

同じことはアルコール類、特にワインについても言えます。この場合、地名は商品名そのものになりえます。わたしたちは「わたしはボルドー地方で作られたワインが好きです」とは言わず、

「ボルドーが好きです」とか「シャンパーニュを一杯ください」と言い慣わしています。

ワイン愛好家にとって、地名のイメージは多くの場合、具体的でありえます。シャトー巡りをしている人は少なくないからです。ワインの名前は商品名であると同時に地名でもあり、風景と深く結びついてもいます。ブルゴーニュ地方の話をする時、かつて飲んだワインの味を思い出す人もいるでしょうし、逆にブルゴーニュのワインの話をする時、その地方の風景が、それぞれの経験や思い出などによって少しずつ異なりながらも、頭に浮かぶことがあるでしょう。この場合、味と土地は分かち難く、地名と飲みものはお互いに溶け合い、一体化するのです。

同じことはチーズにおいても言えます。チーズの名前は往々にして、それが作られている村の名前そのものであることが多いからです。チーズをつまみにワインを飲む時、わたしたちは、文字通り、二つの土地の出会い（あるいは同じ村で作られたチーズとワインの場合、その土地の魂が二つながらに立ち上がるような行為）に立ち会っているのです。

吉田健一にとって、お酒を飲むことは旅行にも似た行為でした。土地を同時に飲んでいるというのです。

「おかしなもので、外国に出かける方が内地を旅するのよりは大ごとであるのと丁度同じ具合に、洋酒を飲んだ時の方が精神的に大きな旅行をすることになるらしくて、それだけ後が大変なこと

12　日本でもこのような例は珍しくありません。比内鶏、丹波の黒豆、明石鯛など伝統的に知られた組み合わせから、京野菜、関サバのように地名と結びつけ意図的なブランド化が図られたものまで様々です。

になる。例えば、あちらの文学界の様子を聞かして貰うというようなことで、外国人と一緒に昼飯を食うことになるとする。そうすると、これも一つの仮定だが、どこかのクラブのバーで先ず落ち合って、相手がダブル・マーティニとかいうものを注文するから、こっちも負けずに注文する。（中略）

それから昼飯になって葡萄酒が出る。

その頃は話も段々面白くなって来ているから、社交的な意味は抜きにして何か飲みものがなくてはならない。そして話は昼飯の後まで続くのが普通なので、次には又バーに戻ってリキュール酒を飲む。それこそもう頭の旅行が始まっていて、バーに並んでいる洋酒の瓶が皆いやに綺麗に見える。それでブランデーにベネディクティンにドムという風に片端から注文して行ってパリに着いたのか、まだスエズ運河を通っているのか解らない気持でその親切な外国人と分れる。（中略）

旅が酒を飲むのに似ている、とはっきり感じるのはそういう時である。とにかく、後で思い出そうとしてみても、それからどうしたのか見当が付かなくなって、結局、その間だけ精神的に日本からいなくなっていたのだと考える他ない[13]」

地名はこのように、わたしたちに想像上の旅をさせてくれることがあります。もちろんそれは、その場所に旅をしたいと思った時だけです。決して行きたくない地名が食べものと結びついている時もあります。チェルノブイリの近くで採れたキノコなどはそのいい例でしょう。衛生基準や農薬などの基準が緩いという悪評がある場所で採れた野菜などもそのような拒絶反応を引き起こすかもしれません。産地偽装は、市場価値の上がる地名を食品と結びつけたり、価値の下がる原産地名を隠したりする行為です。産地偽装は厳しくコントロールされます。まるで違法入国した移民が、見つかるや否や入国管理センターに収容され「本国」に強制送還されるように[14]。

地名を食べる時、わたしたちはそのイメージを思い浮かべるだけではありません。地名が味の印象を変えることもあります。地名のイメージは時代によって良い方にも悪い方にも変化することがあります。アフガニスタンやパレスチナのように戦乱が続いた国の名前は、料理と結びついても食欲が湧かない可能性があります。実際には、これらの土地は長い歴史と文化を持ち、多様で洗練され、素晴らしい食材や食文化を生み出してきたのですが。

ある地名が、歴史的な事件や時事と関係づけられることで悪いイメージを纏い、その影響がそこで食べられている料理や作られている食べものにまで影響を及ぼすことがあります。日本の場合、「福島」は地名だけではなく、日本で一三一番目に多い人名でもありますが、この名と結びつけられた食物が輸出された場合、またはこの名を持つ人が外国に行った時に、どのようなイ

13 「酒は旅の代用にならないという話」『新編　酒に飲まれた頭』筑摩書房、一九九五年。

14 ウナギの養殖のように、海外で育てたシラスウナギを輸入した場合でも、養殖期間が海外よりも国内の方が長い場合、国産ウナギと認定されるというケースがあります。とはいえ、そのウナギがどれだけの期間を「海外で過ごしたか」は、業者の自己申告であり、実際のところはわかりません。どの地点から、ある食物とある土地を繋ぎ合わせることができるのでしょうか。日本固有の種を外国で栽培したり養殖した場合、その食物の原産地はどこになるのでしょう。海外で三ヶ月育ったウナギと一年育ったウナギ、二つの「国産ウナギ」を見分けることは可能なのでしょうか。単なる法律上の問題を超え、ここには、人の国籍やアイデンティティーのケースにも似た問いが横たわっています。

メージを持たれることになるのでしょう。特に、「Fukushima」[15]が生産者の名前だったり、料理人の名前だった場合にはどうでしょう。通名を採用したり、改名しなければならない事態に陥ることもあるのでしょうか。

象徴を食べる

匂いも感じないし、味も感知できないけれど、多くの人が毎日食べているものがあります。それは、象徴です。

その例を挙げだしたらきりがないでしょう。というのも、何であれ、宗教が食物に関わる時、わたしたちは象徴を食べることになるからです。

ある肉がハラールかカシェル[16]かどうかをブラインドテストで判断することはできません。匂いや味で判断できるものではないからです。そこではわたしたちは五感を超えた判断材料を用い、食べるかどうかを決めることになります。しかしここでは、食物禁忌についてではなく、不在の存在をめぐってどんな象徴を食べているのかについて触れたいと思います。

ごく最近まで、仏壇に水やご飯をお供えしている家は少なくありませんでした。お米が炊きあがったところで、炊きたてのご飯を仏前に供えます。お米そのものではなく、ご飯の湯気をご先祖様が食べているとされているからです。この風習をもう行わなくなった家でも、ピアノや家具の上などに亡くなった親族の写真を飾っている場合、お土産にいただいた菓子折りなどを写真の前にしばしお供えしてから、生きている者たちがお下がりをいただくことがあります。この場合、仏様が食べた後の食物をわたしたちが分け合っているといえます。

ハラールの食べものとはシステムは異なりますが、どちらの場合も、地上の食物が、象徴的な意味により変容を受けた後食べることになります。何か、わたしたちの知覚では感知できないものが食べものに付け加えられているのです。

もうひとつ、日本には陰膳という風習があります。他界した身内の通夜や法事の時にも行われますが、生きている家族のためも行われる風習です。旅行に行ったり、出征に出たり、あるいはその他の理由で家を留守にしている者の無事を祈り、家に残った者が不在者のために膳を備えます。ヨーロッパにおいても「貧乏人の席」と言って、クリスマスの晩、家の扉を叩く者、または先

15 もちろん、Fukushima／福島がレッテル化され、差別の対象となることは批判されるべきです。ただし、海外においてこの地名がネガティブなイメージを包含してしまい、今もそれは変わらないというれっきとした事実を見なかったふりをすることもまたあってはならないと思います。ある地名が被ってしまったネガティブなイメージを払拭するためには、政府がその後、汚染処理、事故対策をしていることが数値とともに継続的に示され、国として脱原発への舵取りが行われる必要があります。Fukushima の名を忌避する外国人を無知だと非難することはできません。このイメージが海外で消えるための行動は国として何も取られていないのです。

16 ハラール食品とは、イスラーム法上食べてもいいとされる食物。カシェルはユダヤ教の戒律に適合した、信徒が食べることを許された食物。肉の場合、イスラーム、またはユダヤ教の戒律にそれぞれ則って屠畜・解体処理された動物の肉を指します。

祖のために、夕食を共にできる席を用意しておく風習が存在していましたが、陰膳の場合その機能は少々異なります。

　陰膳においては、留守にしている家族の一員がまるでそこにいるかのように膳を用意します。そのことで、不在中にその者が事故にあったり飢えたりしないよう祈るということですが、それとともに、普段その人がついている席に他の誰かが座ってしまわないよう、常にその人のために場所を取っておく、という意味もあるのではないでしょうか。ご先祖様にお供えするご飯のように、もしかしたら、そこで供えられる料理から上がる湯気、料理の匂いが、不在者を引き寄せ、家まで導く灯台のような役割を果たしているのではないでしょうか。

　似たような宗教的風習に、「生身供《しょうじんく》」があります。この儀式は、空海のために毎日二回食事をお供えする儀式です。空海が御廟で今も修行を続けているとされているため、このような習慣が存在するわけですが、今でも朝六時と午前十時半には、高野山で高僧が精進料理を届け、食事の儀式を先導します。メニューは時代とともに近代化しているといい、パスタやコーヒー、バナナなどがお供えされることもあるといいます。

「生身供」は、陰膳と似ているところもありますが、異なるのは、食事を運ぶという行為そのものが、空海が今も生きていることを裏付けているということです。毎日必ず食事が届けられるからには、それを召し上がっているに違いない。したがって空海は今も生きているに違いない、というわけです。おそらくその理由から、空海にお供えする食事は時代につれて変化しているのでしょう。彼はわたしたちと共に「現代に生きている」のです。この世界に存在する食べもの、実際に存在する料理の存在が、空海の具体的な存在を担保しているのです。

地上の食べものたちとは少し異なった、はかないもの、雲や透明なもの、名前や煙、土地の名を味わいたいという欲求がある一方、自分たちの五感を超えたものを食べるのは勇気がいることですし、時にわたしたちを不安にさせます。それゆえ、食べものは科学的分析対象にも、あらゆるオカルト的な妄想の元ともなりえます。結局の所、わたしたちは、自分が食べているものが何であるか完全には知り得ないのですし、それが自分たちの体内でどう機能するのかも本当にはわかりません。今までにそれがわかったことなど一度もないからです。そこから、食物に対する情熱も、否定も、オブセッションも、忌避もやってきます。

人はいつの時代も、自分たちが何を食べているのかを気にかけていました。それも当然のことで、食べものとは、わたしたちをこの世に留めておくための鍵であると同時に、わたしたちを死の方に押しやるものでもあるからです。ただ、かつては、ある料理が何でできているかを見て取るだけで、自分が何を食べているのかを知ることができました。里芋、鮎、人参、鰯、昆布、葱……。それらがどこで育てられて、料理されたのかもわかっていたし、食べものの選択肢も限られていました。また、わたしたちは他にも自分たちを安心させるためのシステムを作り上げていました。食べものを陰と陽に分けたり、宗教的な決まりやタブー、迷信に従ったり……。

でもおそらく、かつての人たちの食べものに対する不安や関心は、わたしたちのそれとは少し違っていたでしょう。わたしたちの心配のもと、それは亡霊だからです。

現在わたしたちは、どんな食べものも、味だけではなく、目で見たり触れたり、匂いを感じることでは判断できない要素を持つ、と認識しています。例えば、食べものに含まれる栄養素。また、化学肥料や、組み換えられたり組み換えられなかったりしている遺伝子、着色料、添加物、うま味調味料などは、わたしたちが、常に五感すべてで感じられるわけではありませんが、食べものの中に含まれている、とはっきりと知っている幾つかの要素です。

食べものが亡霊的であればあるほど、わたしたちはそれを怖れます。例えば、遺伝子組み換え作物は、添加物より一層不安を煽ります。遺伝子組み換え作物は目で見てわからないだけではなく、それがわたしたちの体に及ぼす効果もまだよく知られていないからです。遺伝子組み換え作物が人間の健康に害を及ぼした例はない、と謳われても、わたしたちの不安は取り除かれません。なぜなら、その「例がない、害があるのかないのかさえ不確定な」ことそれ自体が、不安の種となるからです。

添加物や遺伝子組み換え作物が人を不安に駆り立てたり、議論の種になるのは、まさにこれらに亡霊的な性質があるからです。そして、わたしたちは、食べものに取り付こうとするそれらの亡霊から逃れるために、「理性的」なものからオカルトに近いものまで、様々な食事の体系を作り上げるのです。

それがわたしたちを愉しませてくれるのなら問題はないでしょう。月や霞を食べたり、名前を食べたりする時のように、わたしたちの想像をかき立て、豊かにしてくれるのなら、幻想やオカルト、迷信だって構わないではありませんか。見立てや縁起の良い食べものだって、そういうところから来ているのですから。

でも、本当に亡霊的な食べものは、決してわたしたちを喜ばせてはくれないでしょう。香りもなく、重さもない食べもの。着色料や添加物は実際の物質を食品に「添加」するわけですから、添加される前の現物を見ることも触ることもできます。洗い流せたり、表面の皮を剝くことで一部取り除けるものもあります。でも、完全な亡霊の場合、それは不可能です。遺伝子組み換え作物は今のところ、作物のすべてを占めてはいませんが、本当の亡霊は何処にでも存在しえます。水にも、空気にも、土地にも、火の中にも。場所を問わず入り、溶け込み、その結果、「これ以上分けることのできない」はずの個はなくなってしまうのです。

わたしが何の話をしているか、皆さんにはもうおわかりでしょう。

一部しか亡霊的ではない食物に対しては、わたしたちはあらゆる解決策を試みることができます。効率的であってもなくても。食品そのものより書かれた言葉に頼り、パッケージを見たり、表示を見たり。一部の食材を食べることを避けたり、家庭で料理したり。

亡霊に応える方法を編み出し、不安をコントロールすること。目に見えない要素を可視化すること。それは自分を安心させるためでもありますが、何より、食べる行為をかけがえのないものとし、食べる喜びを忘れないためでもあります。というのも、食べるとは、何より喜びをもたらすべきものだからです。美味しい。気持ちが良い。食べて良かった。飲んで嬉しい。

ある朝起きてみて、何も食べなかったのに何キロも増えたことに気がついたとしましょう。理由が説明できないため、よけいいらだちは募るでしょう。寝ている間に、誰かが自分の口にクリームのたっぷりついた菓子を詰め込んだのでしょうか。自分には食べた記憶もないのに？　本当に食べ過ぎたり飲みすぎたりしてその結果が出てしまうのなら、話は明白です。苛立つにしても、自分の責任と諦めることもできます。でも、何も食べてないのに、その結果が現れるとすればどうでしょうか。

こう言いつつ、わたしは亡霊の話をできる限り遅らせようとしています。何を話したいのかはもう皆さんにはわかっているでしょうけど。

わたしは、その言葉をここではっきりと発音したくはないのです。それでわたしは「亡霊」という言葉をその代わりに繰り返しています。

それを呼ぶための名があるならそう呼べばいいのに、と考えるかも知れませんよね。その方が話は具体的になるでしょう。

でも、わたしは、亡霊に名を与えたくありません。亡霊であるそれがいるというだけで、ただでさえ多くの悲劇が引き起こされているのですから、せめて自分の著書の中だけでも、それを食べものと結びつけたくはないのです。[17]

それをその名で呼ぶのを止め、亡霊として扱うことで、それが亡霊としての存在にとどまることを望んでいます。少なくとも、亡霊としての存在だけがそれにふさわしいのですから。

わたしは、作家にならなければ、料理人になっていたことでしょう。食べるという行為は、わたしにとって、情熱というより、ほとんどオブセッションに近い問題なのです。そして、料理と同じくらい書くことに取り憑かれていたので、二つを同時に行うことのできる作業、つまり、料理についての本、または料理の本を書くことをいつも夢見ていました。

しかし、亡霊を食べることについての本を書くとは思いもしませんでしたし、そんな本を書きたくはありませんでした。これほど食欲を失わせる本、まず書き手自身の食欲さえも失わせる本を書くとは考えもしなかったのです。

心霊主義者が何と言おうと、わたしたちが亡霊を目で見ることはありません。その匂いを嗅ぐことも。亡霊に触れられても気がつきはしません。心霊体《エクトプラズム》を飲み込んでしまっても知覚することはないでしょう。亡霊が美味しいかどうか判断することもできません、というのも、亡霊を食べ

17　美術史家のミカエル・リュケンは、日本人、特に被災地の人たちは、「地震の日」「津波の当日」などの言い回しを使うことが少ないと指摘していました。その代わりに、「あの時」「あの時期」などというのだそうです。この現象は、辛い現実に直面するのを避けると同時に、出来事をその名で呼ばないことにより、不幸を召還しないという意思も働いているように思います。またそこには、この事件が自明の出来事になってしまったことが働いてもいるでしょう。「あの時」と言えば、それは二〇一一年三月十一日を指すのですし、それ以外でありようがないのです。

てしまったかどうかもわたしたちにはわからないからです。

亡霊を摂取することが体に及ぼす影響を危惧する人たちがいます。それも当然のことです。そして、それが今のところ、唯一の、具体的な、亡霊を食べることを巡っての問題です。しかしもうひとつの問題があります。それは、わたしたちが、食べる感覚を得られないものを摂取しなければならないという問題です。わたしたちは常に「他者」を食べて生きています。しかし、亡霊を食べるとは、その、「他者」を自分の身に取り込んでいると意識するのが不可能になることと同義です。しかもその「他者」は「向こうの世界」から来ているのです。

わたしたちは、食べものを選択することでは、その現象から逃れることができません。というのも、亡霊は、定義上、どんなものにも入り込めるからです。完璧な拡散、絶対的にどこにでも存在する、これが亡霊の本質です。そこでは、人間の意志や、選択の可能性ははっきりと排斥されます。

そこには時間の問題も生まれてきます。毒茸なら、食べてから何時間後か翌日、遅くても数日後に症状が出てくるでしょう。亡霊の場合、いつ目を覚ますのかわたしたちには知ることは不可能です。亡霊はそこにい続け、自分の身体に亡霊を住まわせる結果がいつ出てくるのかはわからないのです。

もちろん、他にも、何かを食べることがずっと後になって病気を誘発するものもあります。発がん性物質などはその良い例です。また、狂牛病が多くの国でパニックを引き起こしたのは、まさにその「時限爆弾」的な性格のせいでした。しかし、亡霊がもたらすのはそれ以上です。亡霊は死の後にもついて回るからです。灰になっても、亡霊はそこで生き続け、自分の一部を拡散させ続けます。亡霊は死の後もわたしたちの生を呑み込み、わたしたちが土に帰ることを妨げます。亡霊はまた身体から身体へと移るとも言います。あなたが生命を宿した時、その生にすでに亡霊が棲みついていることだってあります。人間の時間性はそこで否定されます。

今、わたしたちは、亡霊を食べていると知っています。そこには選択はありません。そうなると、楽しみをもたらすはずの食べるという行為、生を構築する条件そのものが亡霊的になってしまいます。

原則的に、あらゆる食べものは、その栄養価如何にかかわらず、わたしたちを養うと同時に一歩ずつ死へと歩ませています。その、食べることとは切っても切り離せない両義性こそが豊かなものであり、生に深みをもたらしているのです。

しかし、亡霊の存在はこの両義性の豊かさを否定します。

どんな食べものであれ、そこに実際に亡霊が住み着いていてもいなくても、わたしたちはそのことに思いを致さずに食べ続けることはできません。亡霊を食べることが現実に身体に及ぼす結果を脇に置いたとしても、そもそも亡霊について考えること自体が、暗い考えを食事にもたらしてしまうのです。

亡霊は美食の概念も消してしまいます。亡霊の存在は、味から推し量ることはできないからです。味は、亡霊を前にしては無力です。美味の極地に亡霊が宿り、庶民的な食べものには棲まわないこともありえます。美味の評価基準はそこでは何の役にも立たないのです。

亡霊的な灰色の霧に覆われ、もうわたしたちは「土地」を食べることはできません。[18] 風景を、様々な生命を生み出す母体として無邪気に眺めることは不可能です。というのも、それらの生命は、今や生まれた時から、亡霊的な生との二重写しになっているからです。風景はもはや具体的な存在として眺められることはありません。本来の生を生むことがなければ、土地もまた、わたしたちにとって亡霊的になってしまいます。わたしたちの目を奪っていた気候の変化は喜びを生み出すことができません。雲を食べることをわたしたちはもう考えることはできません。

以前は、わたしたちは不思議な形をした雲を眺めて楽しんだものでした。今、わたしたちは普段と違う形状の雲に美しさを見るよりは、カタストロフの予兆を見てしまうのです。あらゆる予兆は不幸の徴となります。雨や雪、花の露、春に舞う花粉、枯葉、自然のなす美しい所為はもはや純粋な感嘆の対象ではなく、亡霊の影に脅かされたものになってしまいます。

失われたのは食べものの生産地だけではなく、その名前自体です。土地の名前は以前のように存在することができません。亡霊があらゆる所に存在する限り、そしてどんな食べものの中にも眠っている限り、ある土地で作られた食べものを他の食べものと区別する機能はもはや存在しません。そして、食べものの名前もまた亡霊的になります。かつてのように、多くの、異なる土地からやってきた食べものを口にしながら、それぞれの土地に想像力を膨らませる代わりに、わたしたちは常に灰色で先の見えない霧に覆われた風景の中を泳がなければなりません。

そしてわたしたち自体、土地の名を失った食べものを食べるわたしたち自身も、亡霊になってしまいます。

亡霊には終わりがありません。それはあらゆる想像を超える時間、人間の感覚に満ちた時制を超える時間をわたしたちの元にもたらします。消え去るまでに何万年もかかることがある亡霊を前にして、人間はのっぺりした、均質な、鉄の板のように平らな、耐え難く続く現在としてしか現れなくなってしまいます。ひとりひとりの人生は本来は、非連続の、しかしはっきりと、絶えず新しく生まれ変わる、かけがえのない、一瞬一瞬の現在としてしか構成されえないというのに。

わたしたちは例えば、夏の初め、祖父母の家で食べた、まだ青いリンゴの鮮やかな酸味を覚えています。ただ一瞬の感覚だとしても、その味を思い出す度に、その過去はわたしたちのもとに現在として現れてきます。わたしたちの人生に特有の、見いだされた時間。この現在は、わたしたちが自分の時間を線的なものと考えれば過去になりますが、現在の新しい動きが、この過去を「今のもの」として生き直すことをも可能にするのです。

18　二〇一一年八月、福島県二本松市内のゴルフ場が、東京電力福島第一原発事故で飛来した放射性物質の汚染を受けたとして、東電に対し、放射性物質の除去を求め裁判所に仮処分申請しました。東電側は、原子力発電所から出た物質はその性質から鑑みて、「Res Nulles 無主物」だと主張しました。これは、霧や野生の鳥獣など、自然界に存在し、個人が所有を主張できない要素のことを指します。どこから来たかもわからない、誰のものでもない、したがって、責任を取ることもないという理論が引き出されるわけです。亡霊は、どんなものにも無関係にばらまかれることによって、それぞれの生産地の特徴を消し、食物の具体的な生産地を消してしまうことになります。ただし反対に、この亡霊自体は、本来はある場所から来ているのですから、現実に存在する場所の責任者たちによってこの責任が問われるべきなのです。

わたしたちの人生はこの新しい関係の、毎回結び直される数限りない時間性の間の、絶え間のない行き来の間に成り立っています。そして食べるという行為は、はかなく、それでいて強度を持つこの性質により、毎回がかけがえのない行為として、わたしたち生きものの生の中で本質的な役割を果たしているのです。味、匂いはわたしたちを過去に引き戻し、再び過去から連れ出し、現在に、新しく生きられた記憶を、その度に生き直される経験をもたらします。

わたしたちの身体ははかなく、食べものもまたはかない存在です。わたしたちは五感を通して食べものと関わります。食べものはわたしたちの身体に入り、わたしたちはそれらの繊細な生きものたちの徴を、様々な味覚、重さ、柔らかさや堅さ、色、光、歯触り、のどごし、という経験で覚えているのです。それはわたしたちが生きている限り、好きなだけ繰り返すことのできる行為であり、新たにすることもできる行為です。

亡霊はそういった、他者との接触、現在に固有のあらゆる事柄を否定し、かつ一律で終わりのない時間の中に落とし込んでしまいます。そこに悲劇があるのです。

この先、わたしたちはこの亡霊を、最期の日まで食べ続けなければなりません。わたしたち自身が亡霊になるまで。どうして、わたしたちのこれほどはかない生の中で、その運命に従わなければならないのでしょうか。たとえ病気でも、身体が動かなくても、わたしたちはこの生身の身体を持つ生を十全に生きたいと思うものです。あまりにも短いけれども、不死の、永遠の亡霊と分け合わなくてすむ世界の生を。

見えず、匂いも味もなく、音も立てず、形もなく、触れることができず、描写できず、名付けることができず、

名付けられないものは食べることができない。


わたしが生まれた国では、今、亡霊になってしまった土地があります。その土地は存在するけれど、見ることができません。亡霊退治に向かわなければならない人たちをのぞけば、その土地に入ることは不可能です。例外的な、土地として使うこともできません。

実際に存在する土地が、このように、ただ一瞬で、目に見えず、触れられないものになることがありえる、ということ。

そしてそこから亡霊はやって来るのです。

あとがき

本書はフランス語で出版した三冊の本から構成されています。

Ce n'est pas un hasard (P.O.L., 2011)
La Voix sombre (P.O.L., 2015)〔日本語版初出「声は現れる」『文學界』71(3), 2017-03〕
Manger fantôme (Les ateliers d'Argol, 2012)

上記の三冊の本がそれぞれ、「これは偶然ではない」「声は現れる」「亡霊食」の原作となっています。最初フランス語で書いた作品を、本書のために著者自身が日本語に訳していますが、作業にあたっては翻訳者としての役割に徹し、内容を書き直したり編集したりすることは最小限に留めました。「これは偶然ではない」などは、その日に考えたことをその日のうちに書き留めていくクロニクル形式をとっているので、現在の自分が介入するのはふさわしくないと判断したためです。唯一加えた変更部分はあくまでも利便上のもので、例えば、和食の例を挙げた際にフランス人の読者向けに入れた説明を省き、フランスの人名については日本語版で補足するなどです。

日本人著者が外国に住み、外国語で書いた著書を日本語でも出版する例は例外的かと思います。二言語で執筆する作家としては多和田葉子さんがよく知られていますが、二言語作家が創作言語と結ぶ関係はそれぞれに異なるので、まず自分の創作言語としての日本語とフランス語の関係の推移、そしてこの三冊が書かれるに至った経緯を説明したいと思います。

わたしは二〇〇一年からフランス語で著作活動を続けています。今までに詩集を八冊、それから震災後に出版されたエッセイ、またはエッセイと物語の間のような形式、あるいは「声は現れる」のような断章形式の作品を九冊刊行しています。また、料理関係の本も四、五冊出版しています。

詩作品は全てフランス語と日本語の二言語で出版されています。フランス語に先行して存在した日本語の作品を自己翻訳したり、フランス語と日本語で同時に執筆したりという形式をとって創作していました。

震災後の著作九冊は全てじかにフランス語で書いています。こちらは、『文學界』に数年前に掲載された「声は現れる」以外には今まで日本語訳は存在していませんでした。それと並行して日本語で直接書き、日本語でだけ存在する著作『注解するもの、翻訳するもの』（岡井隆との共著、思潮社、二〇一八年）などもあり、日本語とフランス語ではこの十年近く言わば別の作家として執筆を続けてきました。フランス語から日本語への自己翻訳による著作は本書が初めてになります。

フランス語での主な作品は、第一作目から二十年間ずっと、P・O・Lという、実験的な文学作品を発表することで知られている出版社から出されています。出版者と作家が同じ理念を共有し、作家同士も深い交流がある、現在ではパリでも少なくなった昔ながらの文芸出版社に受け入れられたことが、自分がフランス語の作家として今まで執筆を続けられた何よりの理由だと思っています。

「これは偶然ではない」

この作品は、東日本大震災の前日、二〇一一年三月十日から四月三十日までの出来事をクロニクル形式で書いています。毎日起こったことや考えたことをその日のうちに書き、文章の体裁を整える以外には基本的に内容そのものには手を入れずに出版しました。

執筆の動機は、最初、絶えず日本から入ってくる圧倒的な情報をできる限り忘れないように、その中でもマスメディアに乗りにくい「小さな声」をフランス語で伝えようと書き留めておくことから始まりました。また、東日本大震災をきっかけとして、フランス人がかつて持っていた古い決まり文句《クリシェ》が再び闊歩《かっぽ》し始めたのも目の当たりにしていました。日本人は近親者が死んでも笑っている、彼らには感情がない、などの言説です。日本理解が進むとともに葬られたはずのクリシェが亡霊のように次々現れてくる、そういった現象に警鐘を鳴らす目的もありました。

そして執筆中、カタストロフを遠くで生きるというテーマが現れてきました。震災当時自分自身は安全なパリにいて、その上家族が被災地に住んでいるわけでもないのに、日本人というだけで震災について語ってもいいのかというためらいはずっと抱えていました。しかし、カタストロフの当事者でありながら、その現場に身を置いていないことはしばしばあります。東京に住んでいて、地方在住の親が交通事故にあったと知るなど、個人的な悲劇は、必ずしも自分が立ち会っている場で起きるわけではありません。そもそも亡命者や移民であることは、自国のあらゆるカタストロフを遠い距離を隔てて生きなければならないことを意味します。東日本大震災に限らず、この問題をより普遍的に広げて考えてみたいとも思っていました。

誰が被災者なのかという問題は、日本でもこの頃頻繁に議論になっていましたが、その対象として考えられていたのはあくまでも日本人だったと思います。わたし自身はこの本を執筆後、多くのフランス人読者から、自分の思いを代弁してもらえて嬉しかったという反応を受け取りました。フランス人の中には（そしてフランスだけではなく、他の多くの国にも）、日本で長く働いていた人、子供が日本人と結婚した人、日本に留学した人などがいます。その人たちは東日本大震災を他人事ではないものと感じていたにもかかわらず、自分が外国人であるために、震災について発言したり感情を表明したりするのを躊躇していたというのです。これは、自分でも考えてみなかった部分でした。

また、外部から見るゆえに書ける、または書かなければならないこともあります。アフガニスタン出身で、ダリー語とフランス語の二言語で執筆活動を行うアティーク・ラヒーミーは、母語とともにわたしたちはタブーを学ぶのだ、と言っています。そう考えてみると、母語とはわたしたちの「当事者言語」だと言えるのかもしれません。当事者だからこそ口を噤《つぐ》んでしまうことがあり、母語ゆえに口にできない事柄があります。わたし自身、日本語では書くことができず、フランス語という「非当事者言語」を得て初めて表現できた事柄があります。その内容は様々で、「亡霊食」のように、放射能という、日本ではデリケートなテーマもあれば、「声は現れる」のように、「当事者言語」では書けなかったかもしれないプライヴェートな主題もあります。そうしてみると、本書に収録された三つの作品には、当事者が非当事者言語を介在することでやっと書けたこと、また、「これは偶然ではない」のように、非当事者（と思われている人間）が非当事者言語で書くという圧倒的な遠さの中で、だからこそカタストロフと距離について考えることができた、など複数のケースが包含されているかと思います。

考えてみれば、翻訳という行為は、作者にとっての「当事者言語」を「非当事者言語」に直すことです。その際にしばしば現れるのは、語彙や文法の難しさだけではありません。当事者であるがゆえにはっきりとは書きづらく、それゆえに迂回した書き方になる部分をどうやって非当事者言語でもそのニュアンスがわかるようにするか、また、翻訳者にとっては「非当事者言語」から「当事者言語」に直すことになるため、翻訳者自身が母語に訳しにくいタブーの言葉や事柄とどのように格闘するか、という事態もまた出来してくるのです。

「これは偶然ではない」は、出来事から遠くにいるがゆえに見えなかった部分も多いテキストではあるとは思います。ただ、東日本大震災というきわめて重要な出来事を前にして、わたしが何よりもまずカタストロフと距離の問題を扱うことにしたのには、自分が外国にいるという状況があるだけではなく、翻訳者として当事者と非当事者の間を絶えず行き来し、ある出来事をどのように書けるのか、または書けないのか、という問題に絶えず直面していたことが働いていると思います。そういう意味では、この作品は、カタストロフはどのように翻訳可能か、という問いでもあります。

フランス語の書名には、副題として「*chronique japonaise*（日本クロニクル）」と入れました。「年代記、回想録」と訳されることもあるクロニクルですが、この単語には、時評という意味もあり、例えば、文芸時評などは「chronique littéraire」と呼ばれます。基本的にクロニクルとは、ある出来事に参加したり、それを目撃した人が、それを年代順に記述したテキストを指します。日付順に並んでいるテキストなので、日記と呼ぶこともできるのかもしれません。ただ、たとえテキストの一部が筆者自身の観察や思索から来ているとしても、クロニクルと呼ぶことで、長期的に見た時に、ある出来事の証言として資料的な意味を持ってくれることを願っていました。

また、後から回顧的に纏めてしまうのではなく、その日ごとに起こったこと、耳にしたことや考えたことを綴っていく方式にしたのは、そういった資料的な意義を狙ったためだけではなく、別の理由もありました。

二〇一一年三月十一日以降何週間かは、日本だけではなくフランスでも誰もが、コンピュータやテレビの前に釘付けになり、最新の情報を得ようと時間を過ごしていたと思います。他のことが手につかないだけではなく、何かを総合的に考えたり、長期的な展望を抱いたりすることはほとんど不可能だったのではないでしょうか。明日、いや、一時間後に福島の原発で何が起こるかわからない中で、思考は途切れがちにならざるをえません。

平穏な日常において、時間は、明日も明後日も続いていくものとして捉えられます。そして、わたしたちは思考を持続させることができます。ところが、カタストロフの只中にいる時、自分や家族が事故にあったり、手術をしたり、自国が経済危機や紛争の只中にあったり、自然災害に見舞われたりする時、わたしたちの思考は断続的にならざるをえません。カタストロフの渦中にいる間は、カタストロフの「外側」から事態を客観的、または俯瞰的に見ることができないのですから、クロニクル的な、細切れに現在を生きざるをえない思考のあり方そのものが、カタストロフを体現しているとも言えるのです。

この感覚は、作家だけではなくとも、当時多くの人が感じたことではないかと思います。震災によって時制も揺さぶられたのです。

本作品は、二〇一一年五月に執筆を終え、二〇一一年十月にフランス語で出版されています。

「声は現れる」

この短いテキストは、二〇一五年、二ヶ月ほどで書かれました。個人的なカタストロフの後で、密度の濃い時間を経て出来上がったものではありますが、「これは偶然ではない」のようにクロニクル形式ではありません。断章は適宜編み直され、エッセイのような、同時に詩でもあるような形式になっています。長さとしても、形式としても、日本であれば単著としての出版は困難だったに違いなく、このような本をあえて書こうとは思いつけなかったかもしれません。短い、思索的な本を出す伝統のあるフランス語だからこそ可能であったのかと思います。

フランス滞在当初から、フランスのラジオ文化には目を見張ることがしばしばでした。文化、芸術、歴史、社会、政治をテーマとした内容の番組が一日中流れているラジオ局や、現代音楽のプログラムが充実した国立ラジオ局に始まり、インディペンダントのラジオ局の多さなど、「声の文化」の厚みに圧倒されていました。詩人として朗読会に参加するようになったのもフランスに来てからです。自分にとっては外国語であるフランス語での朗読をどのように聴衆に届けるか、様々な経験を重ね、それ以前から関心を抱いていた「声」をめぐるテーマの地層が次第に厚みを増してきていました。

それが、二人の近親者をなくすという経験から一気に作品として結実したのだと思います。ひとりは、日本にいて、声を録音しなかったために今ではもう聞くことのできない声の持ち主、もうひとりは、フランスにいて、話すことを職業の一環としていたために、膨大な声のアーカイヴが残されている人間。この二人の不在をめぐって、声の問題が一度に浮上してきました。

原題の *La voix sombre* は二重の意味を持っています。Sombre を形容詞の「昏《くら》い」という意味で取れば「昏い声」という意味になります。また、動詞 sombrer の現在形三人称単数として取ると「声は沈む」という書名になります。

日本語の題は「声は現れる」になっています。書名についての考えは執筆中常に地下水脈のように流れていて、それがある時書名となって湧き出てきます。ただ、書名が思い浮かぶ瞬間はいつも唐突で、その時点では理由がはっきりしないことが多いものです。この日本語の題もそのように突然やってきたのですが、今では「声は現れる」がこの作品の邦題としてふさわしい、と理解しています。声は常に現在形であり、何度でもわたしたちの前に現れてくるからです。それが亡くなった人の声であっても。わたしたちは、生きている自分たちの自身の身体を反響板にすることによって、その声を受け入れるのです。

「亡霊食」

この作品は、「レ・ザトリエ・ダルゴル」という、現代詩とガストロノミーの二つの叢書を持つ出版社のカトリーヌ・フロイックの依頼により生まれました。

震災後、わたしはフランスの新聞や雑誌、アンソロジーなどに、震災と味の問題について記事や作品を書いていました。

死んだ人の人数や、津波で流された家の数を数えることはできます。でも、流されてしまったそれらの家一軒一軒の中で、どんな料理が供されていたのか、どんな味がそこに生きる人たちの身体と記憶を作っていたのか、それを数えることはできません。干し柿を吊るす仕草、台所の鍋から上がる湯気は戻ってこないのです。カタストロフの後に何が残され、記録されるべきかという問題を扱う際、はかない要素として味や料理をしばしば例に出していたのですが、カトリーヌは、あなたはまだ、放射能というカタストロフが食にもたらす問題を書いていない、日本人作家ならそれを書くべきだ、と言ったのです。わたしはもちろん医学の専門家でもないし、それが人の健康に及ぼす被害について言えることなど何もありません。ただ、通常語られることのあまりない、放射能の存在が食を通し象徴的な意味でわたしたちの生に深く刻み込んでしまう害についてであれば、書く意味があると思いました。

健康被害の問題を軽視しているわけではありません。ただ、この議論が、往々にして統計をめぐる堂々巡りに陥ってしまったり、議論をする人同士を分断してしまうのに対し、より広義の問題、極端に言えば原発近くに住んでいようといまいと、日本に暮らしていようとそうでなかろうと、放射能の存在を意識することそのものが、わたしたちの生をどのように変容させてしまうかについて書いておきたかったのです。

これは、わたしたち皆の生に関わることであり、どの国であれ文学の問題である、という点を指摘しておくのは重要だと思われました。

ちなみに、ここではこのように種明かしをしていまいましたが、フランス語の作品中には一度も放射能という言葉は出てきません。注の中にはそれに関する言及はありますが、本文中にはこの単語は存在しません。この単語を本の中に書き記すことで、放射能そのものを召喚したくないという思いがありました。それは、自分の、詩人としての抵抗だったのだと思います。


今回、フランス語で出ている著作の日本語版を制作するにあたって、編集者の赤瀬智彦さんの提案により、「震災三部作」とも言える作品を纏めることになりました。書名の『カタストロフ前夜』は、「これは偶然ではない」の一部から取られています。わたしたちは常に二つのカタストロフの間に身を置いています。これから来るかもしれない東南海大地震などの話をしているのではありません。

世界の至る所でカタストロフは毎日のように起きていて、わたしたちが当事者ではないためにそれを意識していないだけなのです。もっと身近に感じ、行動を取り支援をすべきなのに、想像力に欠けているがゆえに見落としているカタストロフがあります。すでに起きたカタストロフを踏まえた対策をとらないがゆえに、次のカタストロフ前夜の到来を早めてしまう場合も。震災や紛争の爪痕を忘れないため、カタストロフ前夜を呼び込まないための、これは警告としてのタイトルでもあります。

一冊の本は、それ自体は独立しつつも、出版される時期や読まれる文脈と密接に結びついています。そして、本は思いもかけない旅をすることがあるものです。

「これは偶然ではない」のギリシャ語訳は、ギリシャの経済危機の最中に出ることになりました。ベストセラーが確約されているわけでもない本をなぜこの経済的に厳しい状況下に、と不思議に思い、版権を取得したギリシャの出版社にその理由を聞いたことがあります。返ってきた答えは予期しなかったものでした。

曰く、この本は、現在のギリシャ人にとって他人事でないと受け取られるはずです。震災後の日本を描いた本書を読み、ギリシャの読者は、いざという時に国家がどれだけ脆弱か実感するでしょう。彼らは、この経済危機は決して偶然起こったわけではなく、様々な要素が重なった結果なのだと身にしみて感じているので、日本が原発事故を引き起こすまでの過程が決して偶然ではなかったことを自国の例に重ね合わせて読み取るでしょう。また、非常時において人々が自分にできるやり方で助け合うのも、我々の国にも起こっていることです、と。

震災をテーマにした本が震災以外の文脈で読まれる可能性があるとは、執筆時には思いつきもしませんでしたが、たしかに自然災害であれ経済危機であれ、既存の社会が機能しなくなる事態において、議論や思索の対象になる事柄はかなり重なります。

二〇一五年秋に出版された「声は現れる」の場合、出版の直後、二〇一五年十一月十三日にパリ同時多発テロ事件が起こりました。そしてこの本は当時、そのカタストロフと結びつけて読まれることになりました。数百人の死傷者を出したこのテロ事件では、実行犯が複数の場所で襲撃を行ったため、多くの人々が近親者の安否がわからない状態におかれました。襲撃を受けて病院に搬送された人たちにしても、長い間、誰がどの病院に運び込まれたのかがわかりませんでした。複数の病院が多くの救急患者を受け入れることになり、パニック状態だったからです。そんな中で、携帯電話の向こうから声が聞こえてくること、それが近親者が生きていることを証する、そのような状況に置かれた人が何千人、何万人といたのです。人は誰でも、ある物語を自らの経験と照らし合わせて読むものですが、個人的なカタストロフを描いた本作品は、フランスでは同時多発テロというカタストロフに重ねられました。

そしてこれらの作品は、日本語に旅をするまで数年かかっています。例えば「これは偶然ではない」は、出版当時に日本語で出版の提案をいくつかいただいていたのですが、その時には、この本が日本でどのような役割を担えるのかわからず、辞退していました。

今回、震災からほぼ十年近くが経過して、この作品を翻訳しながら、忘れてしまっていたことがあまりにも多いことに驚きました。新たに思い返すエピソードだけではなく、その時の不安、苛立ち、悲しみなど、年月を経て遠くなっていた気持ちまでが蘇ってきたのも、思ってみなかったことでした。

もしもこの本が震災後すぐに日本語で出ていたら、日本にいれば誰もが知っていること、感じたことばかりが書かれていると判断され、意義を見出さなれないまま読まれなくなってしまったかもしれません。執筆当時、この出来事が遠くでどのように捉えられているのか、日本人でいながら外から何かを書き残すケースはほとんどないだろうから、その点だけでも書く意味があるのではと感じていましたが、九年という時間が経った今、震災後すぐに書かれた作品が、もしかしたら「あの日」を生き直すアーカイヴの意味を持つことができるかもしれないと感じています。「声は現れる」にしても、フランス語で出版されてから四年後にこうして翻訳してみて、確かにこの作品は、声だけではなく、人が亡くなった後に残される足跡、その人が生きていた証について語る作品として読まれ得る、と気がつきました。身内の死をきっかけに書かれたテキストではありますが、死にまつわる状況は移民としてのカタストロフの条件を反映しています。

わたしは、二人の死に両方とも立ち会うことができず、亡くなった身体もじかに見ることができませんでした。そのことから、ある人の死を証する徴が失われている場合、喪の作業がいかに可能なのか、ある人が「死んだ」ことをどのように受け入れることができるのかを考えてみようと思ったのだと思います。

この作品を気に入ってくれたアーティストのクリスチャン・ボルタンスキーもまた、自分は両親の遺体を目にすることなく、墓参りしたこともない、とわたしに話してくれました。そこには、両親の死に立ち会えなかったという単なる物理的な状況だけではなく、両親の死それ自体をなかったことにしたい、そのためには彼らの死の動かしがたい証拠を見ることを拒否する、という心の動きがあるのかと思います。

理由は何であれ、通常の喪の作業が不可能になる状況が存在し、その場合、かつてこの世界にいた人たちの証になる様々な要素が、固有の思索の対象になります。そう考えれば、この作品は津波にさらわれた人たちを送ろうとする人々と同じ方向を向いているのかもしれません。亡くなったのではなく「消えた」人々の喪を行わなければならない人々の列に、遠いエコーとしてこの作品も連なっているのでしょう。

わたし自身、震災前と震災後では全く異なる作家になったと言えます。以前から潜在的に抱えていた複数のテーマが、一気に表面に出てきたかのようでした。

それまでは、現代詩という分野で、言語をめぐる問題を中心に、構築性に満ち、他の作品からの引用もありはするもののどこか閉鎖的な作品を書いていたのですが、「これは偶然ではない」をきっかけに、他者の声に開かれた場を作ること自体が執筆行為なのだと思いなすようになりました。

その後書いてきたものは特に震災をテーマにしているわけではありません。季節、ノスタルジアと時制についての本『*Nagori*（名残）』、日本文学と食のアンソロジー『*Le Club des gourmets*（美食倶楽部）』、ローマでの降霊術を舞台に、亡霊を夕食に呼ぶという中編のフィクション作品『*dîner fantasma*（亡霊ディナー）』、味覚と美学についてのエッセイ『*L'astringent*（渋み）』など、テーマは様々です。ただ、今考えてみるとその背景には、震災を契機としたテーマが通底しているように思います。ともすれば消えてしまう、数に数えることができない、味の記憶のようなはかないアーカイヴを言葉を通してどのように残していくかということ。

震災の問題は日本に留まるのではなく、世界のあらゆるカタストロフと響き合っています。「これは偶然ではない」の執筆をきっかけに、ベイルート国際作家協会から招聘を受け、二〇一八年に一ヶ月半レバノンのベイルートに滞在しました。この街についての作品を書いてほしいという依頼で、わたしは、ベイルートに住む人々（必ずしもレバノン人に限らず、外国人労働者、移民も含む）の、味にまつわる物語、料理をする人々の仕草などから、ベイルートという街のポートレートを描き出すことを提案しました。

そして前年に続き、今年の十一月にもベイルートを再訪したのですが、その時、昨年観察し、本の結末に入れようと思っていた事柄がさらに展開し、市民の政府に対する抗議運動として大きな波を起こしているのを目の当たりにしました。

その時、「これは偶然ではない」の最後の頁に自分自身が書いたことを思い起こしました。どんな本にも必ず終わりはあるが、現実には終わりはない、カタストロフや革命はずっと続く、だから、本には現実としての続きが欠け続ける、終わりは存在しないからだ、と。そして、またも3・11に呼ばれている、と感じたのです。

ベイルートについての作品は今執筆中なのですが、ここでも、戦争の記憶と味、というテーマが、はしなくも現れたように思います。書き尽くしたように思っても、常にそこに立ち戻ってしまう、自分にとっての思索の出発地点が震源地のように二〇一一年三月十一日に置かれている、そのような感覚を抱いています。

震災後、執筆活動に加え、文学と味を結ぶイベントを行うようになりました。フランスはメッスのポンピドゥーセンターでは写真家とシェフを招いて「湿度が変わると世界が変わる」、ブリュッセルのデザイン美術館では作曲家とシェフとのコラボレーションでの「知覚地図」など、知覚と言葉の結びつきを意識してもらう参加型イベントを企画したのですが、その根底にはやはり、数に数えられない、失われてしまったものをわたしたちはどのように書き残すことができるのか、という問題が横たわっています。

例えばヴェネチアの現代美術センター、パラッツォ・グラッシで行ったワークショップ「過去の匂い、未来の匂い」では、子供の参加者にはまだ嗅いだことがないけれど嗅いでみたい匂い、大人には、過去に一度嗅いだことがあり、もう一度嗅いでみたい匂いを調合してもらい、その香りをめぐってそれぞれの物語を語ってもらいました。また、パリのポンピドゥーセンターで企画した「亡霊ディナー」では、日本の歴史や文化の影についての登壇者の発表に合わせ、亡霊的な料理を聴衆全員に供しました。また、カルティエ財団のイベントでは「雲の料理」を提供し、それを元にレシピ本を出しています。

どのイベントも、はかないものを留めることをテーマにしています。同時に、料理のような、食べればなくなってしまう素材を扱っているため、舞台芸術と同様、そこで起こったことはイベントに参加した人にしか本当には知りえません。体験は参加者の記憶の中だけに残り、あとは消えてしまいます。執筆活動においては、失われていくものの足跡を書き残し、本という形に残そうとしていますが、それが時には不可能なことがわかっているからこそ、そういったイベントを通じてはかないものをはかない場所に戻す行為を行っているのかもしれません。現代詩からは離れてしまったのですが、自分にとっての詩の領域は、実はこの場所に移動し、ひっそりと残っているのでは、そう思うことがあります。

この後、自分の活動がどのように展開していくのかはわかりません。今のところ、イタリアのミイラについて書くプロジェクトが、数年前からの宿題として残っています。津波で流された身体とは逆に、他の人の手が触れたことにより現在まで存在し続けている身体について書くこと。

触れた手はもうこの世にはいなくなってしまっていても、触れられたことによりこの世に残った身体は、いわば「純粋に身体だけの存在」として第二の生を送り、新たな旅を続けています。わたしがイタリアの村々で見てきた千人以上の「ひとたち」の物語を綴ることは、難しいですが、いつか終わらせなければならない仕事として残っています。

来年からはフランスのある出版社で、新たに食と日本文学の叢書を立ち上げることになりました。その編集主幹として、人にとって食べることとは何か、を考える種となる文学作品をこれからフランスに届けようとしています。

それが、東日本大震災となんの関係があるのか。ないといえばないのかもしれません。ただ、あの時に揺さぶられ、ひっくり返された言葉をひとつひとつ拾い、救おうとしている作家やアーティストは、もちろんわたしだけではなく、そして日本人だけではなく、ヨーロッパにも、アジアにも、いるのだと思います。たとえその作家がその時点では意識していなくとも。

本書の出版をご提案下さり、出版まで伴走を続けてくださった編集者の赤瀬智彦さんに感謝いたします。

二〇一九年十二月二十日　パリにて

関口涼子

【著者略歴】

関口涼子（せきぐち りょうこ）

1970年生まれ。著述家・翻訳家。東京都新宿区生まれ。1989年、第26回現代詩手帖賞受賞。早稲田大学在学中の1993年、詩集『カシオペア・ペカ』を刊行。1996年、東京大学総合文化研究科比較文学比較文化専攻修士課程修了。その後パリに拠点を移し、フランス語で二十数冊の著作、また日本文学や漫画の仏訳等を刊行。2012年フランス政府から芸術文化勲章シュヴァリエを受章。2013年ローマ賞受賞、ヴィラ・メディチに一年滞在。岡井隆との共著に『注解するもの、翻訳するもの』。訳書にM・ウエルベック『セロトニン』、ダニエル・ヘラー＝ローゼン『エコラリアス』、P・シャモワゾー『素晴らしきソリボ』（日本翻訳大賞受賞）など。

カタストロフ前夜
――パリで3・11を経験すること

二〇二〇年三月十一日　初版第一刷発行

著　者――関口涼子
発行者――大江道雅
発行所――株式会社　明石書店
一〇一-〇〇二一　東京都千代田区外神田六-九-五
電　話　〇三-五八一八-一一七一
ＦＡＸ　〇三-五八一八-一一七四
振　替　〇〇一〇〇-七-二四五〇五
http://www.akashi.co.jp
装　丁――間村俊一
印刷／製本――モリモト印刷株式会社
ISBN978-4-7503-4977-0

（定価はカバーに表示してあります）